SOMMERLICHE HITZEWELLE

LAUREN SMITH

Übersetzt von
ANNA GROSSMANN

PROLOG

P*aradise Island, die Bahamas*

DIE WELLEN RAUSCHTEN ÜBER DEN MIT TRÜMMERN übersäten Strand auf Blair Ashworth zu, die Winde des Hurrikans warfen sie beinahe um. Die Palmen bogen sich und peitschten unter dem Ansturm des Sturms. Das sonst klare blaue Meer war schwarz, und der Sand war kalt und nass, als er ihre Füße in einem furchtbaren Sog nach unten zog. Die Angst packte ihr Herz mit ihren Klauen und drückte so fest zu, dass sie kaum noch atmen konnte, als eine weitere Welle auf sie zurollte. Sie hatten den Sturm nicht kommen sehen, nicht so schnell …

Das Wasser riss sie von den Füßen und sie fiel. Ihre Hände schlugen auf dem Beton auf, als sie auf den Gehweg des Resorts stürzte. Starke Arme umschlangen ihren Körper, hoben sie hoch und drückten sie gegen eine muskulöse Wand aus heißem, entschlossenen Mann. Die intensive Wärme, die sie spürte, hatte nichts mit der aktuellen Gefahr des Sturms zu tun, sondern mit dem Mann, der sie gerade gerettet hatte. Ein Mann, der sie *nicht* hätte retten sollen, weil er sie verachtete.

»Kannst du laufen?« Denver Ramseys tiefe Stimme drang klar und deutlich durch den heulenden Wind und brachte ihre Panik und die chaotischen Gedanken in ihrem Kopf zum Stillstand. Sein Tonfall verlangte, dass sie antwortete und sich der Herausforderung stellte, tapfer zu sein.

»J–ja ... ich glaube schon.« Blair ignorierte den stechenden Schmerz in ihren Knien und Unterarmen. Sie mussten weitergehen und sich in Sicherheit bringen oder riskieren, von der nächsten Welle aufs Meer hinausgezogen zu werden.

»Lass mich dir helfen.« Ein Arm umfasste ihre Taille und hielt sie dicht an den harten männlichen Körper, zu dem er gehörte. Sie hob den Kopf und sah in das umwerfend perfekte Gesicht von Denver Ramsey. Der Mann, den sie verführen sollte, um ein Geschäft abzuschließen. Der Mann, der sie mit jedem Atemzug und jeder Zelle seines Körpers hasste.

Und doch war er hier und rettete ihr das Leben,

während ein Sturm die wunderschöne Insel verwüstete, die sein Zuhause war. Der Wind peitschte sein dunkles Haar in seine haselnussbraunen Augen, die noch dunkler wirkten, als sie den stürmischen Himmel über ihnen reflektierten. Sein einst strahlend weißes Hemd war vom Regen und dem aufsteigenden Meerwasser durchnässt und klebte an seiner muskulösen Gestalt.

»Nur noch ein Stückchen weiter«, versicherte Denver ihr, als sie den Gehweg hinunter zum Eingang der privaten Luxusappartements des Seven Seas Beach Club liefen. Das Wasser überschwemmte den Gehweg und er stützte sie, um sie auf den Füßen zu halten, sollte sie wieder umfallen. Die Türen öffneten sich und zwei Angestellte des Resorts in Regenkleidung eilten heraus, um ihnen zu helfen.

»Geht es Ihnen gut, Sir?«, fragte einer der Männer Denver, während er ihm ein kleines Handtuch reichte.

»Ja, danke. Sind alle Gäste in Sicherheit?«

»Ja, Sir. Alle sind in Sicherheit und haben sich gemeldet. Wir haben den Hurrikanschutzplan umgesetzt. Die Unterkünfte sind ebenfalls alle gesichert. Der National Weather Service hat den Sturm bereits auf eine Kategorie eins herabgestuft – in ein paar Stunden sollte der Himmel wieder klar sein.«

Denver hielt Blair immer noch fest im Arm, aber sie zitterte, als sich die Kälte des eisigen Ozeans in ihren Knochen festsetzte. Als er ihr Zittern bemerkte, sah er an ihr herab und trocknete mit dem Handtuch ihr

Gesicht und so viel von ihr ab, wie er konnte, bevor das Handtuch durchnässt war.

»Miss Ashworth und ich werden in meinem Apartment sein. Rufen Sie mich an, wenn Sie mich brauchen.« Er reichte das Handtuch an den Angestellten zurück.

»Ja, Sir.« Der Mann kehrte zur Rezeption zurück.

Blair folgte Denver durch einen Flur, der mit atemberaubenden Meereslandschaften geschmückt war, die die vielen Gesichter des Ozeans darstellten, von sanfter Brandung bis zu tosenden Wellen. Wie alles im Seven Seas waren sie hochwertig und elegant, und wie der Besitzer des Clubs hatten auch die Stücke etwas Geheimnisvolles an sich.

Denver löste seinen Griff um ihre Taille und hob sein rechtes Handgelenk, an dem ein silbernes Metallband befestigt war. Er strich mit dem Band über das elektronische Türschloss, das sich mit einem Klicken entriegelte. Dann öffnete er die Tür und trat zur Seite, damit sie eintreten konnte.

Es war keine gute Idee, allein mit ihm irgendwohin zu gehen, aber nicht, weil er gefährlich war. Er *war* gefährlich, aber nicht in einer Weise, die sie bedrohte. Vielmehr war Denver Ramsey für jede Frau gefährlich, die ihren Verstand klar, ihr Herz unversehrt und ihr Höschen anbehalten wollte. An guten Tagen sah der Mann aus wie ein verführerischer Wassergott, aber in diesem Moment wirkte er wie ein rachsüchtiger Poseidon. Sie zuckte innerlich zusammen, denn sie wusste, wie tief seine Abneigung gegen sie war. Verdammt, man könnte seine kalte Verachtung für sie fast als *Hass* bezeichnen. Aber Denver kannte sie nicht gut genug, um sie wirklich zu hassen. Nein, sein wahrer Hass galt ihren Vater und ihren Onkel.

Nachdem sie sein Apartment betreten hatte, schloss er die Tür mit einer beängstigenden Endgültigkeit. Er nickte in Richtung eines Raumes hinter ihr, sie drehte sich um und erblickte ein großes, offenes Wohnzimmer mit massiven Glastüren, die einen atemberaubenden Blick auf das stürmische Meer freigaben.

»Setz dich«, befahl er, doch sein Ton war sanfter, als sie erwartet hatte.

Blair ließ sich in den nächsten Sessel fallen und zuckte zusammen, als sie ihre nasse Kleidung auf dem teuren blau-weiß-gestreiften Stoff spürte.

Er verschwand im Flur und kam mit zwei flauschigen weißen Badetüchern und einem Erste-Hilfe-Kasten zurück. Schnell trocknete er sich mit einem Handtuch ab, bevor er es auf die den Couchtisch warf. Dann reichte er ihr das zweite Handtuch. Sie nahm es an und trocknete sich das Gesicht, die Haare und ihre Kleidung ab, die hoffnungslos ruiniert war. Das marineblaue Sommerkleid mit den weißen Tupfen und ihre Kork-Keilsandalen waren vor drei Stunden eine gute Wahl gewesen, lange bevor sie gewusst hatte, dass dieser tropische Sturm so schnell über sie hinwegfegen würde.

Denver stellte den Erste-Hilfe-Kasten auf den Tisch und zog einen weiteren Sessel heran und nahm darin Platz.

»Zeig mir deine Knie.« Er deutete auf ihren Rock und sie hob den nassen Stoff bis knapp über die Knie hoch. Blutige Kratzer bedeckten ihre Knie und ihre Unterarme. Er öffnete den Kasten und nahm mehrere antiseptische Tücher heraus. Er wischte über die Wunden und sie biss sich auf die Lippe, um ihre Reaktion auf das Brennen des Antiseptikums zu verbergen.

»Wo wolltest du hin? Hast du die Sturmsirene nicht gehört?«, fragte er, seine Stimme immer noch gefährlich leise. Er sah sie nicht an, während er ihre Wunden säuberte und verband. Dann gestikulierte er zu ihren Armen, um die er sich als Nächstes kümmerte.

»Ich war auf der Suche nach dem besten Platz, um Fotos für die Anpassungen meiner Kampagne zu machen.«

»Sie sind es nicht wert, deswegen zu sterben.« Als sie aufstöhnte, hob er seinen Blick zu ihrem Gesicht, seine haselnussbraunen Augen loderten.

»Das könnten sie sein, denn mein Job hängt davon ab«, murmelte sie.

»Ich habe nicht einmal zugestimmt, mit dir zu arbeiten«, erinnerte er sie. »Unsere Abmachung beinhaltete nur, dass ich es mir ernsthaft überlege.«

»Das liegt daran, dass du meine Kampagne nicht gesehen hast«, begann sie.

»Keine Chance«, schnauzte Denver und unterbrach sie. Dann wurde seine Stimme sanfter. »Es gibt nichts, was du mir zeigen könntest, um meine Meinung zu ändern.« Sein finsterer Blick hätte ihn nicht noch attraktiver machen sollen, aber er weckte in ihr die verruchtesten Fantasien darüber, was er mit ihrem Hintern anstellen würde, während er diesen finsteren Blick aufsetzte.

»Nichts?« In ihrem Magen bildete sich ein Knoten. Blair war so überzeugt gewesen, dass sie ihn für sich gewinnen konnte. Die Werbekampagne, die sie und ihr Team in der letzten Woche ausgearbeitet hatten, war mehr als solide. Sie war verdammt brillant. Vor allem jetzt, wo sie hierhergekommen war und ihr den letzten Schliff gegeben hatte, nachdem sie den Zauber seines Resorts und der Insel durch seine Augen gesehen hatte.

»Wie ich dir bereits sagte, gibt es nur eine Sache, die ich wirklich von dir will, und wir beide wissen, dass das eine schreckliche Idee wäre.« Er saß ihr immer noch gegenüber, seine Knie berührten fast ihre, während sein Blick ihren festhielt.

»Ein schrecklicher Fehler«, stimmte Blair atemlos zu, als sich sein Blick auf ihren Mund richtete. Sie konnte nicht aufhören, seine Lippen anzustarren.

Er griff nach oben und umfasste ihren Hals. Seine

Hand war warm, groß und wundervoll, als er ihren Hals sanft, aber bestimmt festhielt.

»Aber vielleicht ändert dieser eine kleine Fehler auch nichts«, überlegte er.

Blairs Herz pochte und schlug gegen ihre Rippen, so wie die Wellen draußen an die Küste schlugen. Es gab nichts Schlimmeres, als etwas zu wollen, was sie nicht sollte, aber sie wollte Denver Ramseys Kuss in diesem Moment mehr als alles andere.

Denver schloss den Abstand und umschloss ihre Lippen mit seinen in räuberischer Perfektion, wie ein Mann, der wusste, dass er sie erobert und besiegt hatte. Sie hasste und liebte ihn dafür.

Ja, es war ein schrecklicher Fehler, der *alles* verändern würde.

1

———

Chicago
Eine Woche früher

»BLAIR, RANDALL WILL DICH SEHEN.« KAYLEY LEHNTE sich in Blairs Kabine.

»Wirklich?« Blair versuchte sofort, ihre aufgewühlten Nerven zu beruhigen. Obwohl sie Randall Ashworth schon ihr ganzes Leben lang kannte – schließlich war er ihr Onkel – hatte sie sich in seiner Nähe nie wohlgefühlt. Er hatte eine unterschwellige Gemeinheit an sich, die ihr Unbehagen bereitete.

»Ja, er sagte, du solltest schnell kommen, sonst könnte er die Chance auf einen neuen Kunden an einen seiner Kundenbetreuer weitergeben.« Kayley West, die eine von Blairs engsten Freundinnen war, unterstützte sie immer.

»Danke, Kayley.«

»Kein Problem.« Kayley trat zurück, um Blair an sich vorbeizulassen, als diese ihre Kabine verließ. »Ich hole mir bei Hackney's etwas zum Mittag. Willst du dir eine Suppe und ein Sandwich mit mir teilen?«

»Gern, danke.« Blair strich ihren schwarzen Bleistiftrock glatt und zupfte ihre blaugrüne Bluse zurecht, bevor sie den gefürchteten Gang durch die Reihe der Kabinen zum Eckbüro ihres Onkels antrat. Seine Tür war geschlossen, also klopfte sie mit den Fingerknöcheln gegen das dicke Holz und hielt den Atem an.

»Herein«, bellte Randall.

Blair öffnete die Tür und fand ihren Onkel an seinem Schreibtisch sitzend vor, den Laptop geöffnet. Er blickte nicht auf, als sie eintrat.

»Schließ die Tür.«

Sie folgte seinem Befehl und blieb stehen, anstatt sich zu setzen. Aus Erfahrung wusste sie, dass sie sich nicht hinsetzen sollte, bis Randall sie dazu aufforderte.

Randall Ashworth war ein großer, hagerer Mann, der ihrem Vater, seinem jüngeren Bruder, nur wenig ähnelte. Während das Gesicht ihres Vaters vor Wärme strahlte, war Randalls Gesicht kalt, seine Lippen waren schmal und seine Augenbrauen streng. Blair hatte Bilder von den Brüdern als junge Männer gesehen, und sowohl

Paul, ihr Vater, als auch Randall waren flott gewesen. Aber ihr Vater hatte sich sein gutes Aussehen länger bewahrt als Randall. Blair war überzeugt, dass die Habgier ihres Onkels eine Rolle dabei gespielt hatte, dass sich sein Aussehen zu solcher Strenge verhärtet hatte.

»Setz dich, Blair.« Er deutete zu den beiden schwarzen Ledersesseln vor seinem Schreibtisch.

Blair hockte sich auf dem Rand des einen Sessels und wartete schweigend.

»Ich weiß, dass du daran interessiert bist, in die Position einer Kundenbetreuerin aufzusteigen und die Marketingabteilung zu verlassen.«

»Stimmt.« Blair blieb in ihrem Tonfall neutral. Ihr Onkel war nicht zimperlich, wenn es darum ging, ihr eine Gelegenheit zu bieten und sie ihr dann wieder wegzunehmen, wenn er spürte, dass sie etwas zu sehr wollte. Seit er ihren Vater vor fünfzehn Jahren durch eine günstige Übernahme seiner Hälfte der Firmenanteile in den Vorruhestand gezwungen hatte, hatte ihr Onkel nur noch Blair zur Verfügung, wenn er sich in familiären Kleinlichkeiten ergehen wollte.

»Nun, ich biete dir die Stelle an, wenn du einen bestimmten Kunden für einen Fünfjahresvertrag gewinnst.« Er verkündete das so beiläufig, als würde es ihn nicht wirklich interessieren.

»Wer ist der Kunde?«, fragte Blair.

»Der Seven Seas Beach Club auf Paradise Island auf

den Bahamas.« Er hielt nicht einmal inne bei dem, was er sich auf seinem Laptop ansah.

Blairs Herz setzte einen schmerzhaften Schlag aus. »Randall, das ist eine von Denver Ramseys Firmen, oder?«

Ihr Onkel studierte weiter seinen Laptop-Bildschirm. »Stimmt.«

»Aber ...«

»Willst du die Stelle als Kundenbetreuerin?«

»Natürlich will ich sie«, antwortete sie vorsichtig und suchte verzweifelt nach der richtigen Formulierung, um ihn zu beschwichtigen und das eigentliche Problem anzusprechen. »Aber du weißt, dass wir die letzte Firma wären, von der er ein Angebot annehmen, geschweige denn einen Vertrag mit ihr abschließen würde. Ich würde von den Sicherheitsleuten von seinem Grundstück eskortiert werden.«

Ihr Onkel war verrückt, wenn er glaubte, dass Denver Ramsey sie in die Nähe seiner Firma lassen würde, besonders nicht nach dem, was vor mehr als fünfzehn Jahren zwischen ihren Vätern geschehen war.

»Blair, wenn du den Seven-Seas-Vertrag für fünf Jahre ohne Kündigungsoption an Land ziehen kannst, verkaufe ich dir die Partnerschaftsanteile deines Vaters zu einem Zehntel des geschätzten Marktwerts.« Seine tiefe, fast ölige Stimme glitt in ihren Kopf und holte das Einzige heraus, das sie dazu bringen konnte, alles zu riskieren.

Als sie sein Angebot erfasste, verschwanden die Dutzende Proteste, die ihr durch den Kopf gegangen waren. Sie könnte den Anteil ihres Vaters an Bay Breeze Creative Solutions zurückbekommen. Ihre Kehle schnürte sich zu. Das war ihr Traum, ihr wahres Ziel in den vergangenen fünf Jahren gewesen, als sie hier angefangen hatte zu arbeiten – das zurückzugewinnen, was ihr Vater hatte aufgeben müssen.

»Und?« Ihr Onkel lehnte sich in seinem Stuhl zurück, seine dunkelbraunen Augen waren fast ein Paar obsidianfarbene Teiche, die keine Gefühle zeigten.

»Habe ich Zeit, bis zum Ende des Tages darüber nachzudenken?«

Sie sah ein kurzes Aufblitzen des Triumphs in seinen Augen. »Du hast eine Stunde.«

Blair stand auf und verließ das Büro ihres Onkels. Sie kehrte in ihre Kabine zurück und brach fast auf ihrem Stuhl zusammen.

Konnte sie das schaffen? Konnte sie einen Weg finden, Denver Ramsey davon zu überzeugen, sie für seine Werbekampagne zu engagieren? Was konnte sie ihm wohl sagen, dass die Vergangenheit ändern würde?

Blair schaltete ihren Laptop ein und suchte im Internet nach Denver Ramsey. Sie hatte sich nicht mehr für ihn interessiert, seit ihr Vater vor fünfzehn Jahren die Firma verlassen hatte. Damals war sie erst dreizehn Jahre alt gewesen. Alles, woran sie sich von erinnerte, war, dass ihre Mutter viel geweint und dass ihr Vater die

Schande darüber, was er den Ramseys angetan hatte, kaum überlebt hatte. Irgendwie hatte ihr verdammter Onkel das alles ohne einen Makel überstanden. Das Leben war wirklich nicht fair.

Sofort, nachdem sie auf *Suchen* gedrückt hatte, füllte sich der Bildschirm mit einem Dutzend Artikeln und Fotos, die alle einen großen, dunkelhaarigen Gott von einem Mann zeigten, der seinen Anzug so trug, dass eine Frau automatisch ihre Schenkel zusammenkniff. Sie klickte auf den Artikel in der *Vanity Fair* von vor zwei Jahren. Das Hauptfoto des Artikels zeigte Denver in einer Hose und einem weißen Hemd, das halb zugeknöpft war, während er sich an den Stamm einer Palme lehnte. Das azurblaue Meer und der weiße Sand bildeten eine tropische Kulisse. Der Mann war schmerzhaft schön.

Der Titel des Artikels lautete: ›Wonder of the World, ein wahres Urlaubsparadies‹. Der Artikel beschrieb Denvers kometenhaften Aufstieg im Bereich Private Equity und seinen Wechsel zur Entwicklung eines der exklusivsten Inselresorts der Welt. All dies begann im Alter von dreiundzwanzig Jahren.

»Wow ... wer ist das? Der kommt mir bekannt vor«, sagte Kayley, als sie in Blairs Kabine kam und sich auf den freien Stuhl setzte, den Blair immer für sie bereithielt.

»Das ist Denver Ramsey.« Blair seufzte, als die Kopfschmerzen hinter ihren Augen zu pochen begannen.

»Er ist wirklich verdammt heiß. Kennst du ihn?«

»Ich?« Blair schüttelte den Kopf. Nein, sie hatte ihn nie getroffen. Aber sie erinnerte sich an ihn. Es war schwer, das Bild eines siebzehnjährigen Jungen zu vergessen, der am Grab seines Vaters stand, der gestorben war, nachdem er wegen *ihres* Vaters sein Geschäft verloren hatte. Dieses Bild hatte sich für den Rest ihres Lebens in ihr Gehirn eingebrannt.

»Warte, scrolle nach unten. Ich will das lesen.« Kayley rückte ihren Stuhl näher heran. »Er verlor seinen Vater mit siebzehn und musste die Highschool verlassen, um Vollzeit zu arbeiten und seine Mutter zu unterstützen.«

Ein Klingeln setzte in Blairs Ohren ein, das ihren Schädel durchdrang wie ein entferntes Pfeifen eines Zuges. Kayley las laut weiter.

»Er hat seinen Abschluss nachgeholt und ist mit einem Vollstipendium in Princeton aufgenommen worden, hat Teilzeit gearbeitet und trotzdem ein Doppelstudium absolviert. Heilige Scheiße.«

Kayley hatte ja keine Ahnung. Denver hatte sich nach der großen Tragödie des Verlustes seines Vaters und seines Zuhauses durchgebissen und es zu etwas gebracht. Er hatte ein eigenes Imperium aufgebaut. Wäre Blair nicht schlecht geworden bei dem Gedanken an den Anteil ihres Vaters an Denvers Unglück, hätte sie sich geehrt gefühlt und wäre begierig gewesen, einen solchen Mann zu treffen und mit ihm Geschäfte zu machen.

»Warte, Blair ...« Kayleys Stimme wurde leiser, als sie auf ein paar Zeilen in dem Artikel zeigte. »Das ist die alte Firma deines Vaters, nicht wahr? Die, aus der später diese Firma wurde?«

Blair las schweigend die wenigen Zeilen, auf die Kayley hingewiesen hatte:

Trotz der unethischen Praktiken der Bay Water Ad Agency, die dazu führten, dass die Werbeagentur von Mr. Ramseys Vater geschlossen und gegen ihn wegen Überweisungs- und Postbetrugs ermittelt wurde, und trotz dessen Todes hat Mr. Ramsey den Tod seines Vaters verwunden und ein eigenes Vermögen aufgebaut, das über jeden Vorwurf erhaben ist.

Darunter steht ein dick gedrucktes Zitat von Denver.

»Mein Vater wurde später vom FBI entlastet, aber da war der Schaden schon angerichtet. Er starb infolge von Stress und dem Trauma der Ermittlungen. Ich würde alles dafür geben, die Zeit zurückzudrehen und ihm zu sagen, er soll sich nicht aufregen – dass es bald vorbei wäre und seine Unschuld bewiesen würde –, aber wir können nicht zurückgehen, sosehr wir es auch wollen.« Das Zitat wurde von einer bewegenden Profilaufnahme von Denver begleitet, der im Sand saß, die Beine angewinkelt, die Arme auf die Knie gestützt und den Blick auf die Brandung und die untergehende Sonne gerichtet.

»Was ist passiert?«, flüsterte Kayley.

»Es ist eine lange, schreckliche Geschichte, aber mein Vater hat einen Fehler gemacht, der ihn viel gekostet hat.« Blair wollte nicht darüber sprechen. Ihr Vater war nicht so gestorben wie Denvers Vater, aber er hatte sehr unter dem Fehler gelitten, den er gemacht hatte, als er Denvers Vater dieser Verbrechen beschuldigte.

»Also ... warum siehst du dir diese Artikel an?«, fragte Kayley. »Ich spüre, dass dies kein rosiger Spaziergang in die Vergangenheit ist.«

Blair schloss ihre Augen und rieb sich die Schläfen. »Randall hat mir einen Posten als Kundenbetreuerin und fünfzig Prozent der Firma angeboten, wenn ich Ramsey dazu bringe, einen verbindlichen Fünfjahres-vertrag mit uns zu unterschreiben.«

»Oh mein Gott«, keuchte Kayley. »Wirst du das schaffen?«

»Das ist unmöglich. Er würde sich auf keinen Fall mit mir treffen.« Blair öffnete die Augen und sah wieder auf den Bildschirm, auf die fast wilde Schönheit von Denver Ramsey und dem Meer dahinter. Er stand auf dem Weg zu ihrem Traum, die Hälfte der Agentur zu besitzen, die ihr Vater aufgebaut hatte. Wenn sie fünfzig Prozent unter ihre Kontrolle bekäme, müsste sie nur noch warten, bis ihr Onkel in den Ruhestand ging, und dann würde sie sich ihren Traum von einer eigenen Agentur erfüllen können.

»Blair, du hast das Zeug dazu. Du bist fantastisch, in allem, was du tust. Du hast eine unglaubliche Vision für Kampagnen. Erstelle eine und dann begeistere ihn. Er müsste verrückt sein, wenn er nicht mit dir arbeiten wollte, nachdem du ihm gezeigt hast, wie fähig du in deinem Job bist, abgesehen von den Familienproblemen. Es ist einen Versuch wert. Wenn du es nicht versuchst, wirst du nie erfahren, was hätte passieren können, oder?«

Wie immer hatte ihre Freundin recht.

»Okay, aber ich benötige deine Hilfe. Ich möchte in einer Woche mit einer guten Kampagne dort anreisen.«

»Moment mal, fliegst du auf die Bahamas?« Kayley seufzte. »Ich hasse dich.« Dann umarmte sie Blair. »Im Ernst, wir bringen das unter Dach und Fach – und du bekommst die Beförderung und deinen Anteil an der Firma.«

»Eine Freundin wie dich habe ich nicht verdient.« Blair drückte sie fest.

»Denk daran, wenn du an einem Strand liegen und dich im Ruhm des unterzeichneten Vertrags sonnst.«

»Das werde ich«, versprach Blair lachend.

Sie öffnete ihr E-Mail-Konto und schickte eine Nachricht an ihren Onkel: *Ich mache es.*

————

DENVER RAMSEY BEUGTE SEINEN KÖRPER, TAUCHTE durch die sich brechende Welle und stürzte in eine Welt aus strahlend blauem Wasser. Die Mittagssonne traf auf die schäumende Oberfläche und zerstreute ihre Strahlen in Lichtwellen, die das Korallenriff jenseits der Wellenbrecherlinie beleuchteten. Er bewegte seine Arme in sanften Zügen und entfernte sich immer weiter vom Ufer, während er die Unterwasserwelt unter sich studierte.

Eine Pfauenflunder dümpelte auf dem Meeresboden und verschmolz fast nahtlos mit dem umgebenden Sand. Ein kleiner Oktopus löste sich von einem nahen Felsen und trieb an ihm vorbei. Er streckte die Hand aus und strich mit den Fingern über die herabhängenden Tentakel, woraufhin sich der Oktopus um sein Handgelenk schlängelte und ihn spielerisch mit seinen kleinen Saugnäpfen erforschte, bevor er losließ und zurück auf den Meeresboden trieb. Ein Paar leuchtend gelb-grüner Königinnen-Engelsfische schwamm anmutig an ihm vorbei, völlig unbeeindruckt vom menschlichen Eindringen in ihre Welt.

Das Meer gab ihm ein Gefühl von Frieden, das er dringend brauchte. Selbst nach all den Jahren kämpfte Denver darum, den Schmerz der Vergangenheit und seine daraus resultierende Wut unter Kontrolle zu halten. Das Meer war zu seinem Zufluchtsort geworden. Auch wenn es sich scheinbar ständig veränderte, hatte es doch eine schöne Beständigkeit, die ihm Halt gab.

Er schwamm eine weitere halbe Stunde über die Riffe, bevor er mit den Wellen zurück ans Ufer trieb. Der Strandstreifen, an dem er auftauchte, gehörte zum Privatbesitz des Seven Seas Beach Club. Kleine Grashütten standen etwas abseits der Wellen am Strand, wo sie von den Gezeiten verschont blieben. Die Gäste seines Resorts entspannten sich in Liegestühlen und auf wasserfesten Himmelbetten, die durch verstellbare Sonnenschirme vor der Sonne geschützt waren. Das Resort beschränkte die Belegung, damit die Strände nicht überfüllt waren.

Denver nahm sein Handtuch von einem der Liegestühle und trocknete sich ab, bevor er auf sein Handy sah. Sein Manager, Simon Wells, hatte ihm einige SMS mit der höflichen, aber dringenden Bitte hinterlassen, ihn zurückzurufen.

Er wählte Simons Nummer und warf sein Handtuch auf den Liegestuhl, während er sich mit den Fingern durch das nasse Haar kämmte, um es aus den Augen zu bekommen.

»Simon«, sagte er in der Sekunde, in der sein Manager antwortete.

»Wir haben gerade von der Fawkes Group gehört. Die Eigentümer, Jack und Anne Hudson, kommen nächste Woche hierher, um über dein Bali-Resort-Angebot zu sprechen.«

Ein Gefühl des Triumphs durchströmte Denver. Er hatte dieses Geschäft schon seit über einem Jahr im Auge, aber er benötigte eine gute Investmentgruppe, die an exklusiven Resorts interessiert war, um ihn zu unterstützen. Mit seiner neuen Idee wollte er den Zauber des Seven Seas Beach Club wieder aufleben lassen. Wenn er auf dem richtigen Weg blieb, würde Atlantis Rising an der Küste von Bali im nächsten Jahr fertiggestellt sein.

»Das ist eine tolle Nachricht. Wirst du die Vorbereitungen treffen?«

»Ja, aber wir haben ein kleines Problem.« Simon räusperte sich.

»Problem?«

»Ja. Jack Hudson möchte, dass du ihn anrufst. Ich werde dir seine private Handynummer per SMS schicken. Er sagte, er hätte ein paar Fragen, die er dir direkt stellen möchte.«

»Fragen?«, wiederholte Denver in einem sachlichen Ton. »Was für Fragen?«

»Leider weiß ich das nicht«, beeilte sich Simon zu antworten.

»Ich kümmere mich darum. Danke, Simon.« Denver legte auf und einen Moment später kam eine SMS mit Hudsons Handynummer. Denver wählte die Nummer und wartete. Nach zweimaligem Klingeln nahm Hudson ab.

»Jack Hudson.«

»Jack, hier ist Denver Ramsey. Simon Wells, mein Manager, sagte, Sie hätten ein paar Fragen an mich?« Er ließ sich auf dem Liegestuhl nieder und beobachtete das Lichtspiel auf der Meeresoberfläche, während er darauf wartete, dass Hudson sprach.

»Denver, schön, dass wir zueinander gefunden haben. Ich nehme an, Wells hat Ihnen erzählt, dass wir nächste Woche zu Besuch kommen wollen?«

»Das hat er.«

»Nun, Sie wissen, dass mein Unternehmen auf familiären Beziehungen beruht. Meine Frau ist meine Geschäftspartnerin. Ich habe mich über Sie erkundigt, und jeder hat nur das Beste über Sie zu sagen ... aber, nun ja, es heißt, dass Sie im Geschäft rücksichtslos sein können. Ich war genauso rücksichtslos, bevor ich Anne gefunden habe, aber nachdem ich mich in sie verliebt und sie geheiratet habe, bin ich ein besserer Mann und ein noch besserer Geschäftsmann geworden. Ich nehme an, meine Frage ist ziemlich persönlich, aber es gibt keine nette Art, es herauszufinden. Haben Sie vor, sich niederzulassen? Meine Frau und ich würden uns wohler fühlen, wenn wir wüssten, dass wir bei diesem Geschäft für das Bali-Resort gleichberechtigt mit einem Mann zusammenarbeiten, der etwas von Teamarbeit und Beziehungen versteht.«

Denvers Griff um sein Handy wurde fester, als er die Gefahr spürte, diese mögliche Investition zu verlieren.

Es war lächerlich. Junggeselle zu sein, hätte ein Vorteil sein sollen, nicht eine Belastung.

»Ich halte mein Privatleben eher privat«, sagte er, während er ein Dutzend Szenarien durchspielte, was er sagen könnte. Sein Blick fiel auf zwei Frauen, die an ihm vorbeigingen und ihm ein schüchternes Lächeln zuwarfen. Eine Idee kam ihm in den Sinn.

»Ich habe eine feste Freundin, Jack. Aber ich halte das geheim. Tatsächlich hatte ich vor, ihr diese Woche einen Antrag zu machen.«

»Oh? Davon haben wir nichts gehört ...«, begann Hudson.

»Wie ich schon sagte, halte ich mein Privatleben gern privat. Nach dem, was meinem Vater passiert ist, können Sie mir das nicht verübeln.«

»Das ist wahr. Es tut mir leid, dass ich gefragt habe. Es ist wichtig für uns, das ist alles. Ich muss wirklich wissen, dass Sie ein Teamplayer sind, der auf lange Sicht dabei bleibt. Eine intakte Beziehung kann ein Indikator dafür sein.«

»Ja.« Denver konnte es nicht fassen. Er musste eine Frau finden, die er überreden konnte, sich als seine Freundin auszugeben, ihr einen schnellen Antrag machen und dann den Schein aufrechterhalten, bis die Verträge unterzeichnet waren. Danach konnten er und seine ›Verlobte‹ ihre Meinung ändern.

»Nun, dann ist es abgemacht. Wir werden nächste Woche auf Paradise Island sein. Meine Assistentin wird

Ihnen unsere Reiseinformationen schicken, sobald wir sie haben.«

»Wunderbar«, antwortete Denver und legte alle falsche Fröhlichkeit, die er aufbringen konnte, in das Wort. Glücklicherweise schien Hudson das nicht zu bemerken. In dem Moment, als der Anruf endete, warf Denver sein Handy auf sein Handtuch und unterdrückte ein Stöhnen.

Er musste eine falsche Verlobte finden, und zwar schnell.

2

———

F*ünf Tage später*

BLAIR STIEG AUS DEM KLEINEN SHUTTLEBUS, ALS DIESER vor der Hauptlodge des Seven Seas Beach Club hielt, und ihre Augen weiteten sich. Das Resort war noch spektakulärer als auf den Bildern der Website. Sie hatte das Seven Seas im Rahmen ihrer Recherchen für ihre Kampagne ausgiebig studiert, bevor sie aus Chicago abgereist war. Der gesamte Komplex hatte einen aufgelockerten, aber logischen Grundriss, mit der Hauptlodge in der Mitte, die einen riesigen Speisesaal, einen Empfangsraum, eine Lobby und die Geschäftsräume als Herzstück der Anlage beherbergte. Die Apartments und Suiten waren in separaten Gebäuden untergebracht, die sich wie die Arme eines Seesterns nach außen hin erstreckten. Es hinterließ bei ihr das entspannte Gefühl, überall hinlaufen zu können und dennoch nicht zu weit von allem entfernt zu sein.

»Willkommen in Seven Seas!« Der junge Mann trat aus der Hauptlodge und begrüßte sie am Shuttle.

»Danke.« Sie trat zur Seite, um den anderen Gästen das Aussteigen zu ermöglichen.

»Unter welchem Namen haben Sie reserviert?« Der Mann zückte ein kleines Tablet und öffnete die Liste der aktiven Reservierungen.

»Blair Ashworth«.

»Oh ja, der Bungalow Sirene im Nautilus-Komplex. Bitte checken Sie alle ein und dann wird Ihnen einer der Mitarbeiter die Anlage und die Annehmlichkeiten des Resorts erklären, bevor wir Sie zu Ihren Unterkünften bringen.«

Sie folgte dem Mann in die Lobby. Es war ein großer runder Raum mit weißem Marmorfußboden. Blaue Fliesenmosaike, die mit glänzendem Gold und Silber verziert waren, schmückten die Wände und die gewölbte Decke war mit detaillierten Meeresmotiven bemalt. Das Sonnenlicht, das durch das Atrium fiel, ließ alles in einem sanften Licht erstrahlen. Nachdem sie eingecheckt hatte, erhielt sie ein silbernes Armband mit einem wasserdichten Chip.

»Wenn Sie Ihr Armband an das schwarze Pad an

Ihrer Tür halten, öffnet sie sich. Es wird auch den Safe in Ihrem Schrank aktivieren.«

Blair betrachtete das schicke Armband. Es musste teuer sein, aber es war genial. Schlüsselkarten gingen zu leicht verloren.

»Sie können auch Geld auf Ihr Konto laden und mit Ihrem Armband alles im Resort bezahlen. Wenn Sie mir jetzt folgen, besorge ich Ihnen eine Karte des Resorts und eine Eskorte zum Nautilus-Komplex.« Der Mann überreichte ihr eine faltbare Hochglanzkarte und ließ ein Golfcart herbeischaffen. Ihr Gepäck wurden verladen und die junge Frau in khakifarbenen Shorts und einem blassblauen Poloshirt lächelte sie vom Fahrersitz aus an.

»Nautilus?«, fragte die Frau.

»Ja.« Blair setzte sich auf den Beifahrersitz des Golf-carts, und dann ging es los. Sie fuhren einen Kiesweg unter den Palmen hinunter.

»Ich bin Erica. Sind Sie das erste Mal hier?«, fragte die Fahrerin.

»Ja, sowohl im Resort als auch auf den Bahamas. Es ist so schön hier.«

Erica lachte. »Das Inselleben zieht einen Menschen entweder völlig in seinen Bann oder es zieht ihn über-haupt nicht an. Man liebt es oder man hasst es. Ich kam im Alter von zwanzig Jahren zu einem Frühlingsurlaub hierher und habe mich verliebt. Ich ging zurück aufs College und wechselte mein Hauptfach zu Gastgewerbe und Hotelmanagement. Dann habe ich meinen Abschluss gemacht, hier einen Job bekommen und habe die Insel seitdem nicht mehr verlassen, außer um meine Familie in den Ferien zu besuchen.«

»Wirklich? Was reizt Sie am Inselleben?«, fragte Blair. Erica war die perfekte Gesprächspartnerin, um sich für Blairs Präsentation bei Denver Ramsey inspirieren zu lassen.

»Ich glaube, ich fühle mich der Natur näher. Hier herrscht eine Ruhe, die schwer zu beschreiben ist. Auch wenn es manchmal wilde Stürme gibt, fühlt man sich friedlich. Das Leben verläuft langsamer, der Stress ist geringer. Und die Schönheit – all die blauen, goldenen, gelben und weißen Farben«, fügte Erica nachdenklich hinzu. »Fröhliche, aber friedliche Farben.«

»Mir ist aufgefallen, dass das Resort ein Farbschema hat, das begrenzt, sorgfältig durchdacht, gut gestaltet und konsistent ist.«

Erica nickte, als sie mit dem Golfcart abbog und einen anderen Weg entlangfuhr. »Der Besitzer hat bei der Gestaltung mitgewirkt und auf jedes einzelne Detail geachtet, als er diesen Ort schuf. Jedes Apartment hat sein eigenes Thema und die gesamte Anlage wurde mit einer intensiven Hingabe zum Meer gebaut, was die Traumwelt des Seven Seas Club unvergleichlich macht.«

»Könnten Sie mir ein Beispiel dafür nennen?«

Erica sah auf die Uhr, als sie vor einer Reihe von

eng aneinander gereihten Bungalows anhielt. Ein großes Schild mit einer Nautilusmuschel wies sie darauf hin, dass am richtigen Bungalow angekommen waren.

»Reservieren Sie für heute Abend um sieben Uhr einen Tisch in der Nähe des Aquariums und überzeugen Sie sich selbst. Es lohnt sich.«

Blair nahm es sich vor.

»Sie sind im Bungalow Sirene, das ist der erste hier. Erinnern Sie sich an den Weg, den wir gekommen sind?« Erica hob ihren Koffer aus dem Golfcart.

»Ja«, versicherte Blair ihr.

»Ausgezeichnet. Wenn Sie etwas benötigen, rufen Sie die Rezeption an oder wählen Sie die Null.« Mit einem Winken fuhr Erica mit dem Golfcart den Weg zurück und Blair wandte sich dem Bungalow zu. Es war eine Drei-Zimmer-Suite mit eigenem Bad und einer gemütlichen Veranda mit Blick aufs Meer. Die Aussicht war jeden Penny wert. Der Strand war in Privatbesitz und nur eine Handvoll Strandhütten und Liegestühle säumten den weißen Sandstrand eine Viertelmeile von ihrem Bungalow entfernt.

Blair hievte ihren Koffer die drei Stufen zur Veranda hinauf und aktivierte das Türschloss mit ihrem Armband. Dann rollte sie ihren Koffer ins Haus und stellte ihn neben dem Schlafzimmer ab, damit sie die Suite bewundern konnte.

Meeresblaue Wände mit weißen Verzierungen und

stilvolle Dekorationsstücke mit Meerjungfrauen-Akzenten gaben Blair das Gefühl, in eine Meereslandschaft einzutauchen. Die weißen Holzregale und der Esszimmertisch waren mit verschiedenen Muscheln bedeckt, von großen Muschelschalen bis zum flachen Silberdollar. Sie nahm eine der größeren Muscheln in die Hand und fuhr mit den Fingerspitzen über die zartrosa Innenseite der Muschelöffnung. Dann legte sie die Muschel wieder ab und erkundete die übrigen Räume, bevor sie zu ihrem Koffer zurückkehrte. Bevor sie mit der Arbeit begann, wollte sie sich eine Stunde Zeit nehmen, um am Strand ein paar Sonnenstrahlen zu tanken.

Sie zog sich einen schlichten Bikini an. Die leuchtend rote Farbe passte gut zu ihrem langen braunen Haar, das sie zu einem Zopf band, damit es nicht hoffnungslos vom Wind verweht wurde. Dann schnappte sie sich ihre Sonnenbrille, ihren Hut, ihre Sandalen und ein Handtuch.

Der Spaziergang zum Strand war angenehm und als sie am weißen Sandstrand ankam und ihre Sandalen auszog, hatte sich dieses Gefühl des Friedens, von dem Erica gesprochen hatte, über Blair gelegt. Sie tauchte mit den Zehen in den hellen, warmen Sand und stieß einen entspannten Seufzer aus. Eine leichte Brise kühlte ihre Haut und kräuselte sich in den Wedeln der nahen Palmen. Sosehr sie sich auch an ihrer Umgebung erfreute, machte sie sich in Gedanken Notizen über die Atmosphäre auf dem Gelände des Resorts und den Einfluss der Natur. Später in dieser Woche würde sie ein paar Fotos machen, die sie ihrer Kampagne beifügen würde, vorausgesetzt, Denver hätte sie bis dahin nicht an die Haie verfüttern. Der Gedanke an Denver und seine unvermeidliche Wut störte die Ruhe am Strand.

Die Sonne stand schon tief am Himmel, als sie ihr Handtuch einsammelte und ihre Sandalen wieder anzog. Sie ging über den Strand und hielt inne, um einen letzten Blick auf das Sonnenlicht auf dem Wasser zu werfen, bevor sie sich wieder dem Resort zuwandte. Sie atmete ruhig und tief ein, was ihre Lungen mit Ruhe zu füllen schien. Erica hatte recht. Jetzt, wo sie hier war, wollte sie *nie wieder* weg.

Als sie sich herumdrehte, prallte sie gegen eine Wand aus harten Muskeln und stolperte zurück. Sie konnte gerade noch verhindern, dass sie fiel, als sich starke Hände um ihre Oberarme legten und sie hochhoben, um in die wunderschönen haselnussbraunen Augen von Denver Ramsey zu blicken.

»Verzeihung.« Seine Stimme grollte köstlich tief. Sie versetzte sie direkt in dunkle, delikate Fantasien von ihm im Bett und all den Dingen, die er mit dieser Stimme sagen konnte und die sie zu einer Pfütze schmelzen ließen.

Er wusste nicht, wer sie war, also erkannte er sie nicht – und dafür war sie dankbar. Sie waren sich noch nie begegnet, obwohl sie sich seiner seit dem Tag, an dem sie Fotos von ihm bei der Beerdigung seines Vaters gesehen hatte, bewusst gewesen war. Aber wenn er sie nicht online gestalkt hatte, würde und *konnte* er ihr Gesicht nicht kennen. Doch bald würde er ihren Namen erfahre und dann würde sich das charmante Lächeln auf seinen Lippen in eine hasserfüllte Grimasse verwandeln. Sie konnte ihn dafür nicht verurteilen – er hatte jedes Recht, sie zu hassen. Dennoch musste sie versuchen, ihn zu überzeugen, für sich und ihren Vater.

»Nein, es war meine Schuld. Es tut mir so leid«, antwortete sie.

»Die Aussicht ist zu dieser Tageszeit wunderschön, stimmt's?«, fragte er, als er sie losließ.

»Atemberaubend.« Sie warf einen Blick zurück auf das Wasser, bevor sie ihn wieder ansah.

Sie hatte einen Moment Zeit, ihn zu beobachten, ohne dass er es bemerkte. Er trug eine dunkelblaue Badehose und hielt eine Maske und einen Schnorchel in der Hand. Seine Brust war nackt, und seine Haut schimmerte golden in der Sonne. Die männliche Perfektion seines Körperbaus, die auf den Bildern der *Vanity Fair* nur angedeutet worden war, kam jetzt voll zur Geltung.

Er war nicht nur attraktiv. Er war ein Meeresgott, der hilflose Frauen in den Wellen ihres verzweifelten Verlangens nach ihm ertrinken ließ. Blair hatte sich nie vorstellen können, dass ein Mann ihre Fantasien erfüllen könnte, aber Denver stellte diese Fantasien in den Schatten. Und in ein paar Stunden würde er sie wahrscheinlich umbringen.

»Bleibst du lange hier im Resort?«, fragte Denver sie.

»Wie bitte? Oh, ja, ungefähr eine Woche. Hoffentlich.« Sie unterließ es absichtlich, sich vorzustellen. »Und du?« Sie kannte die Antwort natürlich schon, aber es war besser, so zu tun, als ob sie es nicht wüsste.

»Ja«, log er geschmeidig, vielleicht sogar besser als sie. Einen Moment lang war sie wütend auf ihn, aber im Grunde verstand sie ihn. Wenn er herumlief und jedem erzählte, er sei der Besitzer des Resorts, dann würde er von Leuten umschwärmt werden, die sowohl ihn als auch sein Geld wollten.

»Darf ich dich irgendwo hinbegleiten?«, bot er an.

Es war verlockend – zu verlockend – sich vorzustellen, wie er genau das tat, wie er sie zurück in ihren kleinen Bungalow begleitete und was passieren könnte, wenn sie sich von ihm in die Nähe eines Bettes bringen ließ.

Röte erwärmte ihr Gesicht und Verlangen durchflutete ihren Körper mit einer Woge von Hitze.

»Ich, äh … nein, ich komme schon klar. Du siehst aus, als wolltest du schwimmen gehen. Ich möchte dich nicht davon abhalten.« Ihre Haut kribbelte leicht bei dem Gefühl, dass sein besitzergreifender Blick sie verschlang. Ihre Brustwarzen verhärteten sich und sie wahr sich bewusst, dass er das sehen konnte.

Er räusperte sich und blickte auf seine Schnorchelbrille hinunter. »Oh ... richtig, schwimmen.« Dann schenkte er ihr ein umwerfendes Lächeln, das alle rationalen Gedanken für ein paar Sekunden auslöschte. »Vielleicht sehen wir uns später?« Er hob auffordernd eine Augenbraue.

»Vielleicht.« Sie konnte sich ein kleines Lächeln nicht verkneifen, bevor sie wegging. Wer hätte gedacht, dass sie gern mit dem Feuer spielte? Denn wenn er sie nächstes Mal traf, so wusste sie mit schrecklicher Gewissheit, würde er nicht glücklich darüber sein, dass sie hier war.

―――

Denver sah der Sexbombe in dem roten Bikini hinterher und hatte das Gefühl, dass sein ganzer Körper in Flammen stand.

Gott, er wollte ihre Hüften packen und spüren, wie sie sich in seinem Griff wiegten. Sie hatte beeindruckende Kurven, die Art, die einen Mann seinen Namen vergessen ließ. Apropos Namen, er musste ihren herausfinden.

Sie ging den Weg zum Bungalow Sirene hinunter. Er würde Simon anrufen und fragen, wer sie war. So gern er auch schwimmen ging, er hatte jetzt eine viel interessantere Perspektive in Aussicht. Er holte sein Handy aus der Tasche und wählte seinen Manager an.

»Simon, was habe ich heute Abend vor?«

»Du hast einen Termin mit einer Werbefirma. Um acht Uhr abends.«

»Dann reserviere meinen Tisch für das Abendessen um sieben und schicke eine Einladung dazu in den Bungalow Sirene. Ich habe die Bewohnerin gerade kennengelernt und sie ist etwas Besonderes.«

Simon lachte leise. »Kein Problem. Wird sofort erledigt.«

»Mit *wem* treffe ich mich heute Abend?«

»Lass mich nachsehen ...« Denver hörte das Rascheln von Papier, dann antwortete Simon: »Mit der Agentur Bay Breeze?«

Das Gefühl der Vorfreude auf das heutige Abendessen mit der geheimnisvollen Brünetten war verflogen. »Bist du sicher?«

»Ja. Ist das ein Problem?«

Denver vertraute Simon wie einem Bruder, aber er hatte ihm nie die ganze Geschichte über seinen Vater erzählt und darüber, wer an seinem Untergang beteiligt gewesen war. Das Unternehmen, das Denvers Leben und das seiner Mutter zerstört hatte, trug zwar einen neuen Namen, wurde aber immer noch von Randall Ashworth geleitet – einem der beiden Männer, die seinen Vater in den Ruin getrieben hatten. Schock und Wut durchströmten Denver wie eine Flutwelle.

»Ich kann das Treffen absagen. Ms. Ashworth wohnt die Woche über im Resort, aber sie wird sicher abreisen, wenn ich absage.«

Ein seltsames Klingeln erfüllte Denvers Ohren. »Blair Ashworth ist hier? Auf meinem Gelände?«

»Ja, sie wohnt im ... oh ...« Die einzelne Silbe hatte eine Schwere, die Denver nicht gefiel.

»Was ist?« Er war sich sicher, dass ihm nicht gefallen würde, was sein Freund ihm als Nächstes erzählte.

»Die Frau, von der du dachtest, sie sei etwas Besonderes? Im Bungalow Sirene? Das ist Blair Ashworth.«

»Oh, sie ist schon etwas *Besonderes*«, knurrte Denver fast in den Hörer, bevor er sich wieder unter Kontrolle hatte.

»Also, soll ich das Abendessen und das Treffen absagen?«, fragte Simon, und in seinen sanften Worten schwang Sorge mit.

Denver starrte auf die anrollenden Wellen. Verdammt sei das Meer und seine Fähigkeit, ihn zu beruhigen, wenn er zu Recht wütend sein wollte.

»Nein.« Er ließ sich einen Moment Zeit zum Nachdenken. »Das Treffen wird wie geplant stattfinden und schicke ihr bitte auch die Einladung zum Abendessen.«

»Bist du sicher?«

»Tu es einfach.« Denver legte auf.

Vielleicht war es doch eine gute Idee, schwimmen zu gehen. Denn heute Abend würde er die Tochter des Mannes, der sein Leben ruiniert hatte, aus nächster

Nähe sehen, und dann, wenn er bereit war, würde er sie zum Teufel jagen.

————

BLAIR KAM GERADE RECHTZEITIG AUS DER DUSCHE, UM ZU hören, dass jemand an die Haustür des Bungalows klopfte. Sie zog sich eilig einen Bademantel an und eilte ins Wohnzimmer, um die Tür zu öffnen. Dort stand Erica, mit einem dunkelblauen Umschlag in der Hand.

»Was ist das?«

»Eine Einladung zum Abendessen.« Sie strahlte Blair an. »Anscheinend hat mein Chef Sie vorhin getroffen, und er mag Sie.«

»Ihr Chef?« Blair versuchte, so zu tun, als wüsste sie nicht, für wen Erica arbeitete.

»Ja. Er möchte, dass Sie heute Abend mit ihm zu Abend essen. Wenn Sie gehen wollen, stehen die Details hier drin.« Sie reichte Blair den Umschlag. Für einen Moment musste Blair fast laut loslachen. Es war, als wäre sie wieder in der Mittelschule und würde Nachrichten von einem Jungen erhalten, der sie mochte.

»Danke.« Sie sah zu, wie Erica sich umdrehte, bevor sie die Tür schloss und den Umschlag öffnete.

Miss Bungalow Sirene Gast,

Ich hoffe, du nimmst mir diese Geste nicht übel, aber ich habe einen privaten Tisch für das Abendessen heute um sieben reserviert und würde mich freuen, wenn du mich begleitest.

Herzlichst,

der Mann, der dich heute Nachmittag unhöflich angerempelt hat.

Blairs Herz machte einen Sprung, dann blieb es beinahe stehen. Denver hatte sie zum Essen eingeladen. Er wusste noch nicht, wer sie war, aber er würde es wissen, sobald sie ihm ihren vollen Namen nannte.

Sie wollte unbedingt mit ihm zu Abend essen, um ihn entspannt und charmant zu erleben. Vielleicht bot sich so die Chance, ihn außerhalb eines geschäftlichen Umfelds zu bezaubern, sodass er gut gelaunt und bereit wäre, sich ihre Ideen anzuhören. Sie würde nie wieder die Gelegenheit bekommen, so viel Zeit mit ihm zu verbringen, wenn sie diese Chance nicht nutzte. Aber was sollte sie sagen? Konnte sie ihm ihre wahre Identität während des Essens lange genug verheimlichen, um sich zu amüsieren? Wenn sie klug war, würde sie jetzt gehen. Auschecken und so schnell wie möglich einen Flug nach Hause nehmen. Doch, wenn sie ihm wenigstens einmal ihre Kampagne schmackhaft machen konnte, würde sie alles überstehen, was danach kam, egal, wie schlimm es war.

Blair legte die Einladung auf den Esstisch, trocknete ihr Haar und zog sich für das Abendessen an. Dies könnte ihr einziger Abend hier sein, wenn er beschloss, sie vom Gelände zu werfen, also konnte sie genauso gut versuchen, ihn zu genießen. Sie würde einen Weg finden, ihren Namen vor ihm geheim zu halten, zumindest lange genug, um zu Abend zu essen.

Sie trug ein marineblaues, knielanges Kleid mit kurzen Ärmeln und blaue Stöckelschuhe, die weniger strandtauglich als vielmehr formell waren, da sie gleich nach dem Essen in sein Büro gehen würde. Selbst wenn er sie hinauswerfen würde, würde sie wenigstens gut aussehen. Sie versuchte, den Weg zur Lobby zu genießen, auch wenn sie das Gefühl hatte, in ihr Verderben zu rennen. Die Sonne ging hinter der Hauptlodge unter und deren goldene Kronleuchter beleuchteten den Eingang der Lobby und das Innere. Die blauen, goldenen und silbernen Wände wirkten im Licht fast so, als würde die Lobby unter Wasser stehen.

»Sind Sie zum Abendessen hier?«, fragte sie einen Mann in der Uniform des Resorts.

»Ja. Ich habe das hier erhalten.« Sie hielt den dunkelblauen Umschlag hoch.

Als der Mann die Einladung sah, leuchteten seine Augen auf. »Bitte folgen Sie mir. Ihr Tisch ist fertig.«

Sie wurde durch den Hauptspeisesaal geführt. An der Rückwand befand sich ein riesiges Aquarium mit einem Korallenriff voller tropischer Fische. Es war ein detailliert gestalteter Lebensraum, der es mit den besten Aquarien in den Vereinigten Staaten aufnehmen konnte. Durch die raumhohen Glasscheiben konnten die Gäste die Unterwasserwelt in ihrer ganzen Pracht bewundern. Plötzlich öffneten sich ihre Lippen vor Schreck über das, was sie sah.

»Ihr erstes Mal?« Der Mann, der sie zu ihrem Tisch begleitete, lächelte und deutete auf das, was ihre Aufmerksamkeit erregt hatte.

Ein Mann und eine Frau schwammen in dem Becken. Nein ... ein Meerjungmann und eine Meerjungfrau. Ihre blaugrünen Schwänze schimmerten im Licht, als sie an einem Teil des Riffs vorbeischwammen. Es war ein absolut atemberaubender Anblick.

»Das sind nicht ...?« Sie lachte nervös und fragte sich, ob sie sich das nur einbildete.

»Echt?« Er lachte. »Nein, aber sie tragen die teuersten und realistischsten Silikonschwänze, die es gibt. Mr. Ramsey möchte, dass die Gäste ein magisches Erlebnis haben, während sie hier sind.«

Es war definitiv magisch. Und es veränderte ihre ursprüngliche Vision für die Werbekampagne, die sie ihm vorschlagen wollte, gänzlich.

»Hier im Seven Seas möchten wir, dass Sie sich wie ein Teil des Ozeans fühlen«, fügte der Angestellte hinzu, während sie ihm zur Rückseite des Aquariums folgte. Sie kamen an Dutzenden Tischen mit Kerzenlicht vorbei, an denen Paare im schummrigen, goldenen Licht speisten. Das leise Klirren von Silberbesteck auf teurem Porzellan und das ferne Rauschen des Meeres waren eine einlullende Kombination.

Als sie um die Seite des Aquariums herumgingen,

betrat sie einen privaten Bereich mit einem einzelnen runden Tisch, der von der gegenüberliegenden Seite des Speisesaals auf das Aquarium blickte. Natürlich hatte der Besitzer des Resorts einen diskreten Bereich, um mit seinen Gästen oder allein zu speisen.

Blair hielt inne, als sie die Silhouette einer hochgewachsenen Gestalt in einem Anzug sah, die vor der Glasscheibe des Aquariums stand.

»Da sind wir«, verkündete der Angestellte, bevor er sie ihm allein ließ.

Die hochgewachsene Gestalt drehte sich um. Sie hatte gewusst, dass es Denver sein würde, aber ihn in natura zu sehen, mit einer leuchtenden Unterwasserwelt voller Magie und Farben im Hintergrund, war etwas, das sie nie vergessen würde, solange sie lebte.

»Ich bin froh, dass du da bist«, sagte er mit einem verschmitzten Lächeln auf den Lippen. »Ich hatte schon befürchtet, du würdest nicht kommen.«

»Ich hätte es fast nicht getan ...« Das war zumindest keine Lüge.

»Ich bin Denver«, sagte er und reichte ihr die Hand.

»Blair.« Sie erwiderte sein Lächeln und war froh, dass sie ihren Nachnamen nicht aussprechen musste. Er hielt ihre Hand einen Moment zu lange, während ein elektrischer Schock reinen weiblichen Bewusstseins durch sie hindurchfuhr. Jetzt wünschte sie sich mehr denn je, dass ihre Väter keine dunkle Vergangenheit hatten, dass sie und Denver wirklich nur zwei Fremde waren, die sich am schönsten Strand, den sie je gesehen hatte, über den Weg gelaufen waren und nun ein romantisches Abendessen zusammen genießen würden.

»Bitte, setze dich.« Er bedeutete ihr, sich an den Tisch zu setzen. Dann nahm er ihr gegenüber Platz.

»Laut der Person, die die Einladung zum Abendessen überbracht hat, gehört dir das Resort«, sagte sie und spielte immer noch das Spiel, nicht zu wissen, wer er war, und sich dafür zu hassen.

»Das stimmt.« Er studierte sie, sein Blick war intensiv, als könnte er jeden ihrer Gedanken lesen, wenn er sie lange genug ansah. »Lass uns nicht über profane Dinge reden, wie darüber, was wir beruflich machen. Ich möchte dich kennenlernen. Was macht dich zu *Blair*?«

Das hatte Blair nicht erwartet. Er wollte ihr offensichtlich schmeicheln und sie wusste nicht, warum. Wenn er wüsste, wer sie wirklich war, würde er sie anschreien – oder den Sicherheitsdienst rufen.

»Wie ... was meinst du?« Sie griff nach ihrer Stoffserviette auf dem Tisch und legte den sie gedankenverloren in ihrem Schoß. Als sie bemerkte, dass er sie ansah, legte sie eine Hand auf den Tisch und versuchte, ihr Silberbesteck zu richten.

Er griff über den Tisch und nahm ihre Hand in seine und hielt sie fest.

»Du bist nervös«, bemerkte er.

»Ja, natürlich bin ich das.« Sie versuchte zu lachen.

»Ist es meinetwegen?« Er strich mit dem Daumen über ihre Hand und wieder schienen die Funken zwischen ihnen zu sprühen. »Haben Angst vor mir? Haben Sie Angst, dass ich Sie gleich hier auf dem Tisch vergewaltige, Miss Ashworth?«

Als er ihren Namen aussprach und sie siezte, schoss ihr Blick in plötzlicher Panik zu ihm.

»Ja.« Seine Lippen verzogen sich zu einem kalten halben Lächeln. »Ich weiß, wer Sie sind. Ich weiß auch, dass Sie über meinen Manager ein Treffen mit mir für acht Uhr heute Abend arrangiert haben.« Denvers Blick verließen den ihren nicht und die anfängliche Wärme war völlig verschwunden.

Blair wollte ihm ihre Hand entziehen, aber sein Griff um ihr Handgelenk wurde fester. Er tat ihr nicht weh, aber sie konnte sich nicht befreien.

»Bleiben Sie, Miss Ashworth. Deswegen sind Sie doch gekommen, oder? Ich muss sagen, ich bin beeindruckt, dass Sie den Mut hatten, einen Fuß auf meine Insel zu setzen.«

Blair verkniff sich die Erwiderung, dass ihm die Bahamas nicht gehörten, aber sie schwieg, weil sie versuchen wollte, lange genug zu überleben, um ihm ihre Kampagne anzupreisen.

Als sie sich zwang, sich zu entspannen, ließ er ihre Hand los und lehnte sich mit einem selbstgefälligen Gesichtsausdruck zurück, der sie nicht hätte erregen dürfen, aber bei Gott, er tat es. Sie konnte nicht anders, als ihn dafür zu hassen, dass er sie hasste und wie sehr sie das antörnte. Dank ihm würde sie eine Therapie brauchen, denn wenn er versuchte, sie auf dem Tisch zu vergewaltigen, wie er gesagt hatte, würde sie es nicht nur zulassen, sondern darum betteln. Das war eine Seite von ihr, die sie nicht kannte. Sie hatte Sex immer genossen, hatte einen gesunden Appetit darauf, aber sie hatte noch nie jemanden so sehr gewollt, wie sie diesen Mann wollte, und es ergab keinen Sinn. Sie war wie ein Kaninchen, das sich an einen Wolf kuscheln wollte.

»Wenn Sie wissen, warum ich hier bin, warum lassen Sie mich dann bleiben? Warum haben Sie mich nicht hinausgeworfen?«

»Das ist es ja – ich weiß *nicht*, warum Sie hier sind.« In seinen Augen blitzte Verwirrung auf, als er sie weiter musterte.

»Ich bin hier, um Ihnen eine Werbekampagne vorzuschlagen.«

Er lachte, der Klang war rau und schön zugleich.

»Da steckt mehr dahinter. Ich will die ganze Geschichte hören. Erzählen Sie sie mir – und seien Sie dabei ehrlich! – und ich lasse Sie Ihre Kampagne machen, bevor ich Sie hinauswerfe.«

Blair hütete ihre Zunge. Sie konnte ihm nicht die ganze Wahrheit sagen. Es war zu persönlich und er würde denken, dass sie hoffte, ihr Vater würde in die Firma zurückkehren, aus der er gezwungen worden war. Nichts davon würde ihrer Sache helfen. Die einzige Möglichkeit war also, es einfach zu halten.

»Ich versuche, mir eine Beförderung zu verdienen. Gegenwärtig bin ich nur Artdirektorin, aber wenn Sie fünf Jahre lang Kunde sind, werde ich zur Kundenberaterin befördert. Das war schon lange mein Traum.«

»Das war's? Eine einfache Beförderung? Miss Ashworth ...« Er spottete.

Ein Anflug von Wut ließ sie ihn unterbrechen. Sie hatte nicht vor, sich von ihm herumschubsen zu lassen. »So einfach ist das *nicht*. Mein Chef ist ein egoistischer Idiot, der mich nie befördern wird, es sei denn, ich schaffe das Unmögliche ...«

»Wie jemand Unmöglichen zu gewinnen ... wie *mich*.« Verständnis leuchtete in seinen Augen auf, und dann glitt für eine Sekunde Mitleid über seine Züge, bevor er es verbarg.

Sie wollte sein Mitleid nicht. »Ich habe Ihnen den Grund gesagt. Werden Sie mir jetzt noch zuhören und mich meine Kampagne anpreisen lassen?« Sie wagte nicht zu erwähnen, dass sie die Kontrolle über die Hälfte des Unternehmens ihres Vaters zurückgewinnen wollte. Das wäre das Letzte, um ihn als Verbündeten zu gewinnen.

Denver beugte sich vor und ein schiefes Lächeln umspielte seine Lippen, als er sprach. »Miss Ashworth, ich will ganz offen sein. Es gibt nur *eine Sache,* die ich von Ihnen will, und ich bin mir ziemlich sicher, dass es das Letzte ist, dem Sie zustimmen würden.« Seine Stimme war tief, voller schiefem Amüsement, rüttelte an den Zinnen ihrer Verteidigung und drohte, ihr Innerstes zu erreichen. Wie konnte ein Mann wie er so verdammt heiß sein, während er sie beleidigte? Die Lust, die in seinen haselnussbraunen Augen brannte, versengte sie.

»Wenn Sie glauben, dass ich mit Ihnen schlafe, um einen Vertrag zu bekommen, sind Sie nicht so brillant, wie ich dachte.« Sie hielt inne, zügelte ihr Temperament und gewann die Kontrolle zurück. Die Hitze, sowohl des Verlangens als auch der Wut, kochte noch immer zwischen ihnen, aber sie zwang sich, sich zu beherrschen. Sie leckte sich über die Lippen. Seine Augen verfolgten die Bewegung und sie schluckte. Blair straffte die Schultern und strahlte mehr Selbstvertrauen aus, als sie tatsächlich empfand. »*Bitte*, lassen Sie mich einfach mit Ihnen reden. Eine halbe Stunde, danach müssen Sie mich nie wieder sehen.«

Er ließ seinen Blick nicht von ihr ab. »Nun gut, Sie haben das Wort.« Er gestikulierte wie ein König und gab damit seine königliche Erlaubnis, mit ihrem Plädoyer zu beginnen.

Verdammt ... sie war noch nicht so weit, nicht, nachdem sie das Resort persönlich gesehen hatte. Es gab so viele Dinge, die sie in ihrer Kampagne erwähnen wollte. Sie spürte, dass ihre derzeitige Präsentation völlig unzureichend war. Aber das war ihre einzige

Chance, zu ihm durchzudringen. Blair räusperte sich, lehnte sich vor und versetzte sich in den Arbeitsmodus.

»Nun, da ich schon einmal hier bin, möchte ich meiner Präsentation noch einige Dinge hinzufügen. In Ihrer derzeitigen Marketingstrategie fehlen einige wichtige Punkte. Was ich hier gesehen habe, macht den Seven Seas Club magisch. Aber dieser Glanz fehlt in Ihrem derzeitigen Material. Momentan wirkt es, zumindest online, wie ein weiteres High-End-Resort, von denen es Hunderte gibt.«

»*Autsch*«, erwiderte Denver mit einem finsteren Grinsen ob ihrer Unverblümtheit.

»Sie wollten Ehrlichkeit.« Sie ließ diese Aussage die Luft zwischen ihnen füllen.

Seine Antwort war ein leichtes, anerkennendes Nicken, sein Blick lag schwer auf ihrem Gesicht.

Sie fuhr fort, jetzt selbstbewusster. »Dieser Ort ist unglaublich. Wahrhaftig. Sie haben ihn auf eine andere Ebene gehoben. Es geht nicht nur um teure Aquarien und Cabanas am Strand. Es ist die Liebe zum Detail und die Konzentration auf die Magie des Meeres in einer verführerischen und geheimnisvollen Art und Weise, die eher an Atlantis als an Disneyland erinnert. Nicht, dass Disney schlecht wäre, aber Sie haben eine andere Klientel und wir müssen sie nicht nur von diesem Ort überzeugen, sondern sie auch mit der Magie fesseln, die Sie in das Resort bringen.«

Sie stockte, als sie die verschiedenen Bedeutungen

erkannte, die er daraus ziehen konnte. Ihre Augen weiteten sich, als er sie ansah, wobei das Licht des Aquariums auf seinem starken Kiefer tanzte. Sie unterdrückte das plötzliche Anschwellen eines Dutzends verwirrender Gefühle in ihrem Inneren. Sie musste ihre Ausführungen mit Nachdruck beenden, solange sie seine volle Aufmerksamkeit hatte.

»Das muss ein wesentlicher Bestandteil Ihres Brandings sein, und das fehlt im Moment. Wenn Sie jemals an einem neuen Standort expandieren wollen und neue Investitionspartner benötigen, müssen Sie Ihre Marke konsolidieren.«

Blair hörte auf zu sprechen, als ihr klar wurde, dass sie vor einem Mann, der hin- und hergerissen schien zwischen Erwürgen und Ficken, in den Strategiemodus übergegangen war. Er sagte einen langen Moment nichts. Sie versuchte, die Hitze zu ignorieren, die der Mann ausstrahlte, und die Art, wie ihre Sinne alles aufnahmen. Ihre Haut fühlte sich heiß an und ein schwacher Schweißfilm bildete sich auf ihrem Gesicht, aber sie bewegte sich nicht. Sie sagte nichts mehr, obwohl sie ihn verzweifelt anflehen wollte, ihr eine faire Chance zu geben. Sie fühlte sich herausgefordert, ihm zu beweisen, dass sie fähig und ihm ebenbürtig war, wenn sie gemeinsam an dieser Kampagne arbeiteten.

»Ich gebe Ihnen zwei Tage Zeit, um auf meiner Insel zu tun, was Sie müssen, um Ihre Kampagne zu erweitern.« Er warf ihr einen finsteren, ernsten Blick zu, der ihren ganzen Körper in unsichtbare Flammen hüllte. *»Zwei Tage*, Miss Ashworth.«

Er verließ den Tisch, ging weg und ließ sie allein zurück. Das Licht des riesigen Aquariums strömte über das dunkelblaue Leder der Stühle und über den Tisch auf ihre Hände. Sie zitterten.

Sie war noch am Leben. Sie war noch hier und sie hatte sich ein paar Tage Zeit verschafft, um ihn für sich zu gewinnen. War sie wirklich zu ihm durchgedrungen? Vielleicht ein wenig. Sie erschauderte, als sie sich an den Blick in seinen Augen erinnerte, eine Sekunde bevor er aufstand. Es war ein Blick roher Lust. Er hatte nur eines im Sinn, und das war *nicht* ihre Kampagne. Er hatte sie gewarnt: Alles, was er wollte, war sie in seinem Bett. Obwohl der animalische Teil in ihr das auch wollte, wäre es die schlechteste Idee, die sie je gehabt hatte.

Konzentriere dich auf das Projekt. Nicht auf den wahnsinnig schönen Meeresgott, der dir wahrscheinlich den besten Hass-Sex deines Lebens verschaffen würde. Genau, denk auf gar keinen Fall daran.

3

»Darf ich fragen, wie das Abendessen gelaufen ist?«, fragte Simon, als Denver die Tür zu seinem Büro zuschlug.

»Wir haben nicht gegessen«, schnauzte er und ging in seinem Büro auf und ab. Das große Fenster und der Balkon seiner Bürosuite blickten auf den Strand. Das Mondlicht fiel auf das dunkle Wasser, das mit der Flut hereinrollte. Die Wut, die in ihm hochkochte, begann beim bloßen Anblick des Meeres zu verebben.

»Dachte ich mir.« Sein Freund lachte leise. »Du warst nur eine Viertelstunde weg. Ist das Meeting abgesagt?«

»Für den Moment. Sie hat mich überredet, es zu verschieben. Sie hat gesagt, dass sie ihre Kampagne ändern will, jetzt, wo sie hier ist.«

Er hielt inne, als er eine Frau sah, die im Mondlicht am Strand entlangspazierte, mit dunklem Haar und wohlgeformtem Körper. Sein Körper spannte sich an, sein Herz pochte gegen seine Rippen, als er sich nach vorn lehnte, um einen besseren Blick zu erhaschen. Dann seufzte er: Sie war es nicht. Seine plötzliche Enttäuschung ob dieser Tatsache frustrierte ihn nur noch mehr.

»Ich glaube nicht, dass das so ungewöhnlich ist. Die meisten guten Marketingleute besuchen gern den Ort, den sie präsentieren wollen, und fügen Materialien hinzu.«

Denver brummte und ließ sich in seinen Stuhl fallen. Der wahre Grund, warum er so nervös war, hatte nichts mit Blairs Kampagne zu tun. Sie wiederzusehen – und zu wissen, wer sie war – vergrößerte sein Verlangen nach ihr nur noch. Der Gedanke, sie auf sein Bett zu werfen, ihr dunkles Haar auf seinem weißen Laken zu sehen und ihr das Kleidchen auszuziehen – um zu sehen, was ihr einfacher zweiteiliger Bikini darunter verbarg – und sie dann einfach zu nehmen, so wild und hart, wie sie es beide aushalten konnten. Er war hart wie ein Stein und frustriert wie die Hölle. Er wollte sie zu Tode ficken, sie aus seinem System herausbrennen und sich danach hoffentlich besser fühlen und weitermachen können.

»Bist du okay?«, fragte Simon.

»Wie bitte?« Er hatte nicht bemerkt, dass Simon noch da war.

»Du hast diesen *ich werde jemanden erwürgen*-Blick. Willst du mir sagen, was wirklich los ist?«

Denver versuchte, seine Wut zu unterdrücken. Das war leichter gedacht als getan. »Sie ist die Tochter von Paul Ashworth. Der Mann, der das FBI auf meinen Vater angesetzt hat.«

Simons Gesicht verlor an Farbe. »Mein Gott, warum hast du mir das nicht gesagt?«

»Weil ich mir nicht sicher war, wie ich damit umgehen sollte. Ich hatte sie noch nie getroffen. Ich wusste nur, dass sie existiert. Und als ich herausfand, dass sie die Frau war, die ich am Strand getroffen hatte ...« Er wollte nicht sagen, dass er sie wollte. Das war nicht das richtige Wort. *Begehrte* war treffender.

»Was ist also dein Plan? Wir könnten sie nach Hause schicken, aber es würde nicht gut aussehen, wenn ein Gast, der im Voraus bezahlt hat, von unserem Gelände verbannt wird.«

Der Gedanke, sie von seinem Land zu vertreiben, bereitete ihm allzu viel Vergnügen, doch der Gedanke, sie nicht noch einmal zu sehen, ihre aufgeregte Stimme nicht zu hören oder nicht zu sehen, wie ihre Wangen erröteten, wenn er sie betrachtete, ließ ihn seltsam verzweifelt wünschen, sie am Abreisen zu hindern. Er hatte ihr zwei Tage gegeben und das panische Zusammenziehen seines Bauches löste sich bei der Erkenntnis, dass er mehr Zeit mit ihr hatte.

»Nein, sie bleibt noch ein paar Tage hier. Ich habe zugestimmt, mir ihre Kampagne anzusehen.« Er schüttelte den Kopf. »Weil ich ein Narr bin.«

Simon gab vor, ganz lässig sein Handy zu zücken. »Wann ist das neue Kampagnen-Meeting?«

»Das wird sich zeigen«, murmelte Denver. »Sie hat um ein paar Tage Zeit gebeten, um ein paar Dinge hinzuzufügen.«

»Nun ... halte mich auf dem Laufenden. Und – du könntest in Erwägung ziehen, ihr etwas zum Abendessen bringen zu lassen.«

»Warum?«

»Weil du sie zum Essen eingeladen und dann abserviert hast.«

Verdammt, Simon hatte recht. Wenn Denver besser gelaunt gewesen wäre, hätte er mit ihr zu Abend gegessen, aber jetzt hatte er keinen Hunger mehr. Vielleicht ging es ihr ebenso, aber er war zu einem Gentleman erzogen worden.

»Wie ist dein Gespräch mit Jack Hudson verlaufen?«, fragte Simon.

Denver war dankbar für den vorsichtigen Themenwechsel seines Freundes, aber er war nicht glücklich mit dem, was er Simon zu berichten hatte. »Der Mann wollte wissen, warum ich nicht verheiratet bin. Er glaubt, dass es zu riskant ist, in einen Junggesellen wie mich zu investieren. Das ist absoluter Schwachsinn aus den 1950er-Jahren.«

»Verheiratet? Du?« Simon schnaubte, während er sich ein Lachen kaum verkneifen konnte.

»Nur weil ich die Dinge gern einfach halte und mich nicht an eine Frau binde ...«

»Hunderte«, korrigierte Simon, dem es dieses Mal nicht gelang, sein Lachen zu unterdrücken.

»*Der Punkt ist*«, betonte Denver über die Belustigung seines Freundes hinweg, »ich muss eine Frau finden, der ich vertrauen kann und die sich als meine Verlobte ausgibt, solange Hudson und seine Frau hier sind.« Er konnte immer noch nicht glauben, dass er sich überhaupt damit befassen musste. Verheiratet zu sein oder auch nur eine ernsthafte Beziehung zu haben, hatte keinen Einfluss auf seine Arbeitsweise, aber wenn diese bizarre Anforderung ihm half, das Geschäft mit Hudson zu besiegeln, würde er es tun. Der Mann und seine Frau waren beständige Investoren, die sich langfristig engagieren würden, und das war etwas Besonderes, wenn man die Volatilität und Kurzlebigkeit der meisten Investmentfirmen heutzutage berücksichtigte.

»Ich denke, wir könnten jemanden aus der Belegschaft fragen, aber ihr müsst überzeugend sein. Wenn Mrs. Hudson dich mit einer Frau sieht und die Chemie nicht stimmt, weiß sie, dass du nur so tust.«

»Da hast du recht. Allerdings gefällt mir das Ungleichgewicht der Macht nicht. Es könnte wie Nötigung aussehen, wenn ich mit einer Angestellten ausgehe.« Denver tippte mit den Fingern auf seinen Schreibtisch, während er in Gedanken die Liste seiner Mitarbeiterinnen durchging. Er wollte nicht, dass jemand, den er aus seinem Personal auswählte, verärgert war, wenn sie die ›Beziehung‹ beenden mussten.

»Oh, mein Gott ...«, sagte Simon und setzte sich aufrecht hin.

»Was?« Denver richtet sich ebenfalls auf.

»Ich habe entweder die beste oder die schlechteste Idee aller Zeiten.« Simons Gesicht rötete sich und in diesem Moment wurde Denver klar, was sein Freund dachte.

»Nie im Leben.« Denver knallte seine Hand auf den Schreibtisch.

»Warte, denk doch mal nach«, beharrte Simon. »Ich weiß, dass du ihre Firma für die neue Werbekampagne nicht in Betracht ziehst, aber wenn du so tust, als würdest du sie Betracht zu ziehen, wird sie vielleicht die Verlobte spielen. Und es wird ihr nichts ausmachen, wenn du Schluss machst, was ja wohl von Anfang an dein Plan war, egal, für wen du dich entscheidest, oder? Sie wird nicht so dumm sein, sich in dich zu verlieben, wie es jemand anderes tun könnte. In gewisser Weise ist sie die sicherste Wahl, die du hast. Außerdem hast du selbst gesagt, dass du dich zu ihr hingezogen fühlst.«

Seinem Körper gefiel der Gedanke, vielleicht ein wenig zu sehr, aber sein Verstand schloss die Idee entschieden aus.

»Das ist Wahnsinn, Simon. Was ist, wenn sie versucht, mich daran zu binden? Das Letzte, was ich will, ist, mit ihr verheiratet zu sein.« Er konnte sich keinen schlimmeren Albtraum vorstellen, als diesen Bastard Paul Ashworth als Schwiegervater zu haben.

»Dann mache einen Vertrag, wenn du glaubst, Schutz zu brauchen. Du bekommst eine falsche Verlobte, sie bekommt eine echte Gegenleistung für ihre Kampagne. Das ist eine Win-win-Situation. Obwohl ich nicht glaube, dass du den Vertrag wirklich benötigst. Es ist ja nicht so, dass du die Sache nicht abblasen kannst, wann immer du willst. Sie wird diskret sein, denn es würde schlecht für sie aussehen, wenn herauskäme, dass sie eine Beziehung vorgetäuscht hat, nur um eine Chance zu haben, mit dir ins Geschäft zu kommen.«

Denver stand auf, bereit, sich wieder zu bewegen, um die erneute Unruhe zu unterdrücken.

»Ich kann nicht.«

»Warum nicht? Die Frau ist hinreißend. Du hast gesagt, du fühlst dich zu ihr hingezogen.«

»Die Anziehungskraft ist nicht das Problem. Zuneigung schon.« Er konnte keine Zuneigung zu dieser Frau vortäuschen, nicht wenn er sie mit jeder Faser seines Seins hasste.

Simons blaue Augen waren plötzlich tiefe Becken des Verständnisses.

»Es ist ein schmaler Grat zwischen Liebe und Hass ...« Simon hielt inne und begegnete Denvers Blick. »Vielleicht solltest du nur gelegentlich einen kleinen Schritt darüber machen. Du wirst überrascht sein, wie einfach das ist.«

Denver sah ihn an. »Wenn mir das um die Ohren fliegt ...«

»Ja, ja«, antwortete Simon mit einem süffisanten Grinsen. »Es ist mein Arsch.«

»Darauf kannst du wetten.« Denver schlenderte zu seiner Bürotür.

»Vergiss nicht, ihr etwas zu essen zu bringen!« Simons Worte und sein Lachen folgten ihm nach draußen.

———

BLAIR LAG ZUSAMMENGEROLLT AUF DER COUCH, IHRE Papiere und Kampagnen-Entwürfe auf dem Schoß ausgebreitet, während sie in ihrem Pyjama fernsah. Das leise Klopfen an der Eingangstür ließ sie aufstehen. Sie nahm an, dass es Erica oder einer der anderen Angestellten des Resorts sein musste. Sie hatte die Rezeption angerufen, um zu fragen, ob sie sich ein paar Snacks liefern lassen konnte, da sie das Abendessen verpasst hatte.

Sie öffnete die Tür und erstarrte.

Denver stand davor, immer noch in seinem perfekt geschnittenen dunkelgrauen Anzug, und hielt einen großen Metallbehälter in seinen Armen.

»Ich habe Ihnen Abendessen mitgebracht.« Sein Ton war schroff und Blair war sich nicht sicher, was sie sagen sollte.

»Ich ...«

»Wollen Sie essen, oder nicht?« Er hielt den Behälter hoch. In diesem Moment beschloss ihr Magen, *laut* zu knurren, und sein Blick senkte sich auf ihren Bauch. Er wölbte eine Augenbraue, als würde er sie herausfordern, gegen ihren eigenen Magen zu argumentieren.

»Ich könnte etwas zu essen vertragen.«

Entgeistert wich sie zurück und öffnete die Tür weiter, um ihn einzulassen. Er ging an ihr vorbei und stellte den Behälter auf den Esszimmertisch. Mit einer geschmeidigen Bewegung schlüpfte er aus seinem Jackett, warf es achtlos über die Lehne der Couch und krempelte dann seine Hemdsärmel hoch. Blair schluckte hörbar, als sie die Art und Weise registrierte, wie er seine Umgebung ohne Weiteres beherrschte. Als er das Geschirr aus dem Kasten nahm, sah sie zwei Teller mit Fisch und Salat.

»Der Chefkoch empfiehlt einen Seebarsch mit Zitrone auf einem Bett aus Wildreis. Ich hoffe, Sie mögen Fisch.« Er stemmte die Hände in die Hüften, immer noch ein wenig grimmig dreinblickend.

»Ja, danke. Ich liebe Fisch. Lassen Sie mich ein paar Gläser Wasser holen.« Sie drehte sich halb um, aber er hielt ihren Arm fest. Sofort flogen Funken zwischen ihnen, und ihr Blick schoss zu seinem, als sie beide auf die Stelle starrten, an der er sie berührte. Lust besiegte die Grimmigkeit in seinem Blick, als er sie langsam losließ.

»Ich habe auch für die Getränke gesorgt.« Er zeigte ihr die Flasche mit dem gekühlten Weißwein und holte zwei stiellose Weingläser aus einem Schrank ihrer Küchenzeile. Sie starrte ihn an, immer noch völlig verwirrt darüber, warum er hier war – bei ihr, mit Abendessen –, wo es doch so offensichtlich war, dass er woanders sein wollte.

»Bitte, setzen Sie sich«, sagte er mit weniger finsterem Blick. Sie wählte einen Platz, blieb aber stehen und sah zu, wie er ihren und seinen Platz vorbereitete, bevor er in seiner Hosentasche nach einem kleinen Flaschenöffner fischte.

Nachdem er ihnen beiden Wein eingeschenkt hatte, hielt er ihr ein Glas hin und deutete ihr an, sich zu setzen. Als sie an dem Wein nippte, den Denver ihr eingeschenkt hatte, stellte sich Blair plötzlich vor, wie sie als Persephone im Reich des Hades die Granatapfelfrucht erhielt, die ihr Schicksal besiegeln und sie an seine dunkle, sündige Welt binden würde. Aber sie lag falsch. Dieser Mann war kein Unterweltgott, er war ein Meeresgott. Selbst jetzt wanderte sein Blick instinktiv zum mondbeschienenen Wasser vor dem Fenster.

»Danke für das Abendessen«, murmelte sie, als sie es sich schließlich auf dem Stuhl ihm gegenüber am kleinen Tisch bequem machte.

Sie aßen zunächst schweigend. Der Wolfsbarsch war vorzüglich gegart und der Weißwein brachte alle Aromen der Mahlzeit perfekt zur Geltung. Sie spielten ein Spiel, bei dem sich ihre Blicke langsam trafen und dann immer wieder abwichen, als wüsste keiner von ihnen, was er sagen sollte.

Es war intim, dieses Essen, *dieser Moment*, und noch intimer, weil sie ihre Baumwollshorts und ihr Pyjamaoberteil trug, während er noch vollständig bekleidet war. Dieses subtile Ungleichgewicht der Macht, das durch ihre Kleidung entstand, machte sie verwundbar. Wenn das nicht Denver gewesen wäre, hätte sie von so etwas immer geträumt. Früh von der Arbeit nach Hause zu kommen, ihren Schlafanzug anzuziehen und dann nach einer langen Arbeitswoche mit ihrem Freund zu Abend zu essen. Dann würde sie ihn aus den Klamotten schälen und in ihr Bett bringen. Blair hatte noch nicht viele ernsthafte Verabredungen gehabt. Sie war eher der Typ für lockere Affären und hatte nie das Gefühl, dass einer der Männer in ihrem romantischen Umfeld *der Richtige* war. Aber Denver kam ihrer Vorstellung von einem Traummann näher als jeder andere

Mann, den sie kennengelernt hatte, und doch würde er das wegen der Verfehlungen ihres Vaters nie für sie sein.

Sie nahm schweigend ein paar Bissen von dem Wolfsbarsch. Er hatte das Essen mitgebracht, also würde sie ihm die Führung des Gesprächs überlassen, oder dem Fehlen eines solchen.

»Ich habe einen Vorschlag für Sie«, sagte er nach einem langen Schweigen, bevor sein Blick sich abwandte.

»Einen Vorschlag«, wiederholte sie.

»Diese Woche werden potenzielle Investoren im Resort sein. Sie kommen morgen an und werden das Seven Seas für eine mögliche Partnerschaft mit einem anderen Resort, das ich auf Bali geplant habe, auf Herz und Nieren prüfen.« Er spießte ein Stück seines Fisches mit der Gabel auf und hielt inne.

»Okay ... wie passe ich da rein?« Seine Erwähnung von Bali hatte sie sofort hellhörig gemacht. Vielleicht benötigte er eine Kampagne dafür, statt für das Seven Seas. Es wäre ein Leichtes, den Gang zu wechseln.

»Das Unternehmen, die Fawkes Group, wird von einem Ehepaar geführt. Die Eigentümer sind Jack Hudson und seine Ehefrau Anne. Sie werden auch *mich* evaluieren, nicht nur mein Resort.« Denvers Kiefer zuckte.

»In welcher Hinsicht?« Blair wusste, dass sie die Details aus ihm herausholen musste.

Er zuckte mit den Schultern. »Meine Fähigkeit, mit ihrem Team zusammenzuarbeiten. Sie haben aufgrund meines Rufs einige Vermutungen angestellt.«

»Oh ...« Blair setzte die Teile zusammen. »Sie meinen, dass die endlosen Frauengeschichten und die gewagten Taktiken in der Vorstandsetage ein riskantes Bild für eine Gruppe zeichnen, die langfristig mit Ihnen zusammenarbeiten möchte.« Blair hätte sich ohrfeigen können. Sie hätte das nicht sagen sollen. Sie hatte kein Recht, ihn zu kritisieren, selbst wenn sie richtig lag.

»Sie verstehen also das Problem.«

»Ja, aber noch einmal: Wie passe ich da hinein?« Ihre Nerven kribbelten unter ihrer Haut. Sie hatte das Gefühl, dass das, was er als Nächstes sagte, ihr den Boden unter den Füßen wegziehen würde.

»Ich habe Hudson erzählt, dass ich eine Freundin habe und ihr diese Woche einen Heiratsantrag machen werde.«

Der Teppich war weg ... und der Boden darunter. Blair sog den Atem ein, als das heftige Gefühl des Fallens sie so schnell erfüllte, dass sie geschwankt hätte, wenn sie nicht sitzen würde.

»Und ich ...?«, flüsterte sie.

Denvers Augen blitzten einmal kurz, aber heiß über ihren Körper. »Sie werden meine Freundin sein. Ich werde Ihnen in dieser Woche vor Hudson und seiner Frau einen Antrag machen. Wenn Sie mir helfen, die

Romanze des Jahrhunderts zu verkaufen, werde ich in Betracht ziehen, mit Ihnen zu arbeiten.«

Eine Sekunde lang träumte sie davon, die Ehefrau dieses Mannes zu sein und was das alles bedeuten könnte, bevor seine letzten Worte verklungen waren.

»Moment, Sie wollten mich zuvor nicht in Betracht ziehen?« Blairs Kopf drehte sich, als sie plötzlich zwischen Verzweiflung und Hoffnung schwankte.

»Ich wollte Sie bei Laune halten und mir Ihre Kampagne anhören. Aber Sie wirklich in Betracht ziehen? *Nein*.«

Seine Worte trafen sie in die Rippen und prellten sie stärker, als sie es je hätte erwarten können, ohne sie zu berühren.

»Aber wenn Sie mir helfen, die Fawkes Group dazu zu bringen, in Atlantis Rising auf Bali zu investieren, gebe ich Ihnen eine faire Chance auf den Vertrag. Fünf Jahre, keine Ausstiegsklausel. Ich werde so viel Geld für Werbung ausgeben, dass Ihrem lieben Onkel vor lauter Dollarzeichen die Augen herausfallen werden, und Sie in ganzen Pools von Champagner baden können, der von den Geschäften bezahlt wird, die Sie als Kundenbetreuerin abschließen werden, wenn andere Unternehmen wegen Werbung zu Ihnen kommen.«

Blair war nicht dumm. Ein Pakt mit dem Teufel hatte immer einen Haken.

»Wo ist der Haken?«, fragte sie mit vorsichtiger Stimme.

»Kein Haken, aber es wird Dinge geben, die wir gemeinsam machen müssen, die nicht einfach sein werden.« Er schwenkte sein Weinglas und betrachtete sie mit einem verschleierten Blick. »Wir müssen so tun, als würden wir uns wirklich mögen und leidenschaftlich ineinander verliebt sein. Ich muss heute Abend wissen, ob Sie dabei sind. Aber Sie müssen mich überzeugen, dass Sie so tun können, als wären Sie verliebt, als wären Sie süchtig nach mir. Wenn Sie das können, dann haben wir eine Abmachung.«

Blair schwieg einen langen Moment, bevor sie einen Schluck von ihrem Wein nahm. Dann stellte sie das Glas auf dem Tisch ab und ihr Herz raste wie ein verängstigtes Kaninchen, als ihr klar wurde, dass sie es schaffen wollte. Jetzt musste sie beweisen, dass sie es konnte. Sie wollte ihren Anteil an der Firma ihres Vaters zurück, sie wollte eine Zukunft an der Spitze der Werbeagentur. Sie wollte auch Denver und sie wusste, wie einfach es sein würde, eine Frau zu spielen, die von ihm besessen war. Moderne Frauen konnten unverbindliche Beziehungen haben – das tat sie schon seit Jahren –, aber warum fühlte sich das hier anders an als all ihre lockeren Beziehungen? Lag es daran, dass sie zum ersten Mal Gefühle zeigen musste? Sich ihr Herz engagieren musste? Doch bei ihm musste sie nicht so viel vortäuschen, denn sie hatte schon mehr gefühlt, als klug war, wenn es um ihn ging.

Beweise, dass du so tun kannst, als wärst du in den

Traummann einer jeden Frau verliebt ... den Mann deiner Träume. Es war schwer zu unterscheiden, was Realität und was Fantasie war, die sie sich in ihrem Kopf zurechtgelegt hatte, nachdem sie sich diesem Plan verschrieben hatte.

Sie schob ihren Stuhl zurück, erhob sich, umrundete den Tisch und stellte sich hinter seinen Stuhl. Sie legte ihre Hände sanft auf seine Schultern.

»Ich habe darauf gewartet, dass du nach Hause kommst, Schatz«, säuselte sie, beugte sich vor und küsste seine Ohrmuschel, dann knabberte sie leicht an seinem Ohrläppchen. Er versteifte sich unter ihrer Berührung, als sie ihre Hände vorn an seinem Hemd hinuntergleiten ließ und begann, es gerade so weit aufzuknöpfen, dass ihre Hände unter sein Hemd gleiten und seine nackte Brust liebkosen konnten. Sie strich mit ihren Nägeln leicht über seine Haut.

»Hast du mich vermisst, während du bei der Arbeit warst?« Sie drückte ihm einen Kuss auf den Hals, während ihre Hände weiter nach unten wanderten, bis sie mit der Schnalle seines Gürtels spielte. Sein Atem wurde flach, als sie mit ihren Fingerspitzen die silberne Schnalle nachzeichnete. Pure Euphorie erfüllte sie bei dem Gedanken an die Macht, die sie über ihn ausübte, wie ihre Berührung ihn vor Hunger erstarren ließ. Als sie sicher war, dass sie seine volle Aufmerksamkeit hatte, zog sie ihre Hände weg und trat zurück.

»Überzeugend genug?«, fragte sie. Irgendwie hatte

sie es geschafft, ihr eigenes rohes Verlangen davon abzuhalten, in einem Feuersturm zu entflammen. Sie war sich nicht sicher, wer mehr beeindruckt war, er oder sie.

Denver räusperte sich, griff nach seinem Wein und nahm einen Schluck. »Ja, ich nehme an, das wird reichen.«

Reichen? Wollte er einen verdammten Lap Dance?

Blair ballte die Fäuste an ihren Seiten.

»Und du? Woher weiß ich, dass du die Rolle des verliebten Liebhabers spielen kannst?«, fragte sie herausfordernd.

»Ich bin sicher, ich schaffe das.« Er trank den letzten Schluck seines Weins aus und lächelte.

»Dann beweise es«, gab sie zurück.

Er stand auf und überragte sie. Blair schluckte und wich automatisch vor dem Feuer in seinen haselnussbraunen Augen zurück. War es das Feuer der Wut oder der Lust – oder beides? Sie wich immer weiter zurück, während er vorrückte, bis sie gegen die Wand gepresst war, seine Hüften fest an ihre gepresst, und sie spürte, wie sich sein Körper durch ihren Baumwollpyjama hindurch in ihre Taille grub. Er legte eine Hand auf ihre Hüfte, die andere in ihren Nacken und hielt sie als seine sinnliche Gefangene für seine Wünsche fest.

»Ich bin froh, zu Hause zu sein, Süße, froh, dich in meinen Armen zu haben. Du weißt, was du bei mir auslöst.« Er ließ seine Hüften kreisen, sein harter, erregter Schwanz drückte gegen seine Hose, während er sich gegen sie presste. »Du bist mein Ein und Alles, Blair.« Er murmelte verführerisch ihren Namen, sie bestaunte seine vollen Wimpern, als er auf ihren Mund blickte und sich über die Lippen leckte. »Du bist der Atem in meiner Lunge, der Schlag in meinem Herzen, das Blut in meinen Adern. Ich bin nichts ohne dich.« Seine Augen hoben sich wieder zu ihren, und Gott steh ihr bei, sie glaubte jedes honigsüße Wort, das von seinen verführerischen Lippen tropfte.

Er blinzelte und seine kalte Arroganz kehrte zurück. Er trat zurück und überließ es ihr, sich an die Wand zu drücken und zu versuchen, Luft zu holen.

»War das Beweis genug?« Er knöpfte zwei Knöpfe seines Hemdes wieder zu und strich mit einer Hand sein dunkles Haar zurück.

Ihr gelang ein zittriges Nicken. Ja, das war Beweis genug – fast zu überzeugend.

»Nun, bist du dabei, *Miss Ashworth*?« Denver holte seinen Mantel und warf ihn über einen Arm.

Instinktiv zog Blair den Kragen ihres Oberteils wie einen Schutzschild zusammen. Konnte sie das tun? Eine Beziehung mit Denver Ramsey vortäuschen, eine glaubwürdige, epische Romanze mit einem Mann, der sie als seine Todfeindin betrachtete?

»Ja. Ich bin dabei.« Die Worte kamen erstaunlich fest, obwohl sie bei dem Gedanken daran innerlich zitterte.

»Dann treffen wir uns morgen früh um sieben Uhr in der Lobby zum Frühstück.«

»Um sieben.« Sie nickte.

Er packte die Reste ihres Abendessens ein und verstaute sie in dem Metallbehälter. Blair beeilte sich, ihm die Tür zu öffnen, und er trat ins Freie.

»Gute Nacht, Denver«, rief sie plötzlich und war froh, dass die Schatten auf der Veranda die aufsteigende Röte in ihren Wangen verbargen.

Er blieb ein paar Schritte vor den Stufen der Veranda stehen und blickte über die Schulter zu ihr.

»Wir sehen uns morgen früh.« Dann drehte er sich um und ging in die Nacht hinaus.

———

DENVER STELLTE DEN BEHÄLTER IN DER RIESIGEN KÜCHE im hinteren Teil des Restaurants des Seven Seas ab. Der Chefkoch und einige Mitarbeiter räumten nach dem Essen auf.

»Guten Abend, Christian«, begrüßte Denver den Koch, als der Mann den Behälter vom Tresen nahm. Christian Michaels war einer seiner Freunde aus Princeton, ein Mann, der sich ohne einen Scheck vom Bankkonto reicher Eltern an einer Ivy-League-Schule hochgearbeitet hatte. Danach war er auf eine Kochschule in Frankreich gegangen, aber Denver war mit ihm in Kontakt geblieben, und er hatte sich sehr gefreut, als er Christian letztes Jahr den Posten des Küchenchefs im Resort angeboten hatte.

»Und? Wie hat ihr der Wolfsbarsch geschmeckt?« Christians blaue Augen füllten sich mit Spannung, während er darauf wartete, Blairs Reaktion zu erfahren.

»Sie sagte, sie habe noch nie etwas Besseres gegessen«, sagte Denver.

Er wusste offen gestanden nicht, ob es Blair geschmeckt hatte oder nicht. Wahrscheinlich hatte es ihr geschmeckt, denn er kannte Christians unglaubliche Kochkünste, aber Denver war sehr mit seinem Vorschlag für eine Scheinbeziehung beschäftigt gewesen und hatte nicht ein einziges Mal an das perfekte Abendessen gedacht, das sein Freund für sie zubereitet hatte.

»Danke, dass du die beiden Teller gemacht hast. Ich weiß, dass die Küche kurz vor der Schließung stand«, sagte Denver.

»Gern geschehen. Ich habe gehört, dass du beim Abendessen geflüchtet bist, sodass ich sie gern für dich angerichtet habe.«

Er war wie ein wütendes Kind von seinem privaten Tisch weggerannt – oder besser gesagt gestürmt! Er war nicht stolz darauf, aber er hatte es heute Abend im Bungalow Sirene richtig gemacht.

»Ich bin froh, dass es ihr geschmeckt hat.« Christian strahlte. »Ich habe von Simon gehört, dass sie umwerfend ist. Du findest immer die schönsten Frauen.«

Normalerweise genoss Denver seinen Ruf als Frauenheld, aber es fühlte sich irgendwie falsch an, Blair mit seinem *üblichen Typ* in einen Topf zu werfen. Und die Tatsache, dass seine beiden Freunde vom College, Simon und Christian, sich über Blair austauschten und darüber, wie umwerfend sie war, gab ihm ein seltsames Gefühl von Besitzanspruch ... auf eine Frau, die er hasste. War das nicht einfach nur beschissen?

»Ja, sie ist ziemlich hinreißend.« *Zu hinreißend,* dachte er mit finsterer Miene. Er bedankte sich noch einmal bei Christian und ging in sein Büro, wo er eine Flasche Scotch hervorholte. Simon stand im Vorzimmer des Büros, als hätte er gewusst, dass Denver zurückkommen würde.

»Hat sie Nein gesagt?«, fragte Simon, als er sich zu ihm in Denvers Privatbüro gesellte. Denver schenkte beiden ihnen ein und reichte Simon ein Glas.

»Sie hat Ja gesagt.« Denver trank sein Glas in einem Zug aus und ließ den Scotch in seiner Kehle brennen. Das nächste Glas würde sanfter hinuntergleiten.

»Warum trinken wir dann aus unserer *schlechte-Tage-Schnapsflasche*?« Simon nippte an seinem Glas und rollte es zwischen seinen Handflächen, während er Denver studierte.

»Weil ich offen gesagt nicht darauf vorbereitet war, dass sie Ja sagen würde.« Er füllte sein Glas auf.

»Du hast nicht versucht, es ihr auszureden, oder?«, fragte Simon.

»Nein, ich habe den Plan dargelegt. Sie weiß, was sie zu tun hat und …«

»Und?«, fragte Simon.

»Und sie wird gut sein – mehr als gut.« Vielleicht ein wenig zu gut.

Als sie zu ihm herübergeschlendert war, mit ihren großen braunen Augen, die ihm die Erfüllung endloser Fantasien versprachen, hatte er wie angewurzelt dagesessen und war *fasziniert* gewesen. Als sie ihn dann *Schatz* genannt und ihre Hände auf ihn gelegt hatte, war er völlig hin und weg gewesen. Sie hatte schon vorher eine Verlockung dargestellt, aber jetzt war er sich seiner Theorie sicher: Blair Ashworth würde ein Knaller im Bett sein. Er hatte von Anfang an mit ihr schlafen wollen, schon bevor er wusste, wer sie war. Aber so weit konnte er nicht gehen, nicht jetzt. Sie mussten einfach das Spiel spielen. Ein paar Umarmungen, ein paar Streicheleinheiten, ein oder zwei strategisch getimte Küsse, und das wäre alles, was sie brauchten, um Jack Hudson davon zu überzeugen, dass sie ein Paar waren.

»Was macht dir dann Sorgen?«, fragte Simon.

»Sie ist eine Ashworth. Es ist keine gute Idee, ihr zu vertrauen, deshalb macht es mich nervös.«

Es war eine Lüge. Er war besorgt, dass ihm das Spiel, das er und Blair spielen wollten, zu sehr gefiel, denn das Letzte, was er wollte, war, die Frau zu mögen, die er verachtete.

»Ich glaube, es wird gut ausgehen. Bleib positiv«, ermutigte ihn Simon.

Positiv. Denver schnaubte.

Er war sich bei zwei Dingen sicher: Blair bedeutete Ärger – und: Er wollte sie mit einem Hunger in seinem Bett haben, der ihm Angst machte.

4

Blair meldete sich pünktlich um sieben Uhr in der Lobby. Sie trug ihr liebsten weißen Shorts, eine lockere hellrosa Leinenbluse und bequeme Bootsschuhe. Sie war sich nicht sicher, was Denver für sie geplant hatte, also hatte sie sich so angezogen, dass sie sich relativ bequem und leicht bewegen konnte.

Er war bereits da und sprach mit dem Empfangspersonal, als sie eintraf. Ihr Blick schweifte über seine Gestalt und nahm seine lässige Perfektion in den khakifarbenen Shorts und dem weißen Button-up-Hemd, dessen Ärmel bis zu den Ellbogen hochgekrempelt waren, in sich auf. Seine Unterarme spannten sich an, als er sich gegen den Tresen lehnte. Blair schluckte hart, als eine Welle weiblichen Hungers sie wie eine Flut überrollte.

Sie zwang sich, den Rest von ihm zu betrachten und seine Kleiderwahl zu studieren. Gute Paare trugen oft komplementäre Outfits, nicht absichtlich, aber wenn sie wollte, dass die Hudsons ihr die Geschichte abkauften, musste sie sicherstellen, dass ihr Kleidungsstil zu seinem passte, damit sie zusammen natürlich wirkten. Wie sie trug Denver Bootsschuhe, ein Paar marineblaue Sperrys.

»Ah, da bist du ja.« Denver lächelte sie an, ein gewinnendes Lächeln, das sie erschreckte, bis sie sich an die letzte Nacht erinnerte. Sie sollten das verliebte Paar spielen.

»Zum Frühstück geht es hier entlang.« Er nickte in Richtung des Restaurants und sie gingen im Gleichschritt nebeneinander her.

»Sind sie schon da?«, flüsterte sie und sah sich beiläufig um, obwohl sie keine Ahnung hatte, wie die Hudsons aussahen.

»Noch nicht. Sie werden heute Abend kurz vor dem Abendessen ankommen. Aber ich glaube, wir müssen noch üben.«

»Und wir müssen uns eine Geschichte zurechtlegen«, erinnerte sie ihn. »Wenn einer von ihnen anfängt zu fragen, und ich garantiere, das werden sie, brauchen wir eine romantische Geschichte, und wir müssen bereit sein, den Tiger im Raum anzusprechen.«

Denver warf ihr einen verwirrten Blick zu, als sie

seinen privaten Esstisch auf der anderen Seite des Aquariums erreichten.

»Tiger? Meinst du nicht den *Elefanten*? Und ich wusste nicht, dass wir einen haben.«

Sie rollte mit den Augen. »Sie werden mich überprüfen, Denver. Sie werden die Verbindung zu unseren Vätern herstellen. Wir können die Wahrheit nicht ignorieren und wir müssen bereit sein, sie anzusprechen.«

»Du hast recht. Jack wird das sicher nicht entgehen.«

»Deshalb der Tiger, weil es unschön und gefährlich sein wird.« Sie öffnete die Speisekarte, um sich die Frühstücksauswahl anzusehen, und war dankbar, dass die glänzende, in Leder gebundene Karte ihr Gesicht vor ihm verbarg. Ihn an ihre negative gemeinsame Geschichte zu erinnern, hatte sie nicht gewollt, aber es war notwendig gewesen.

Denver zog den Rand ihrer Speisekarte herunter. »Ich empfehle die belgischen Waffeln mit Obst.« In seinen Augen lag ein Hauch von Schalk, den sie nicht erwartet hatte. Ein Kellner kam zu ihnen herüber, um ihre Bestellungen aufzunehmen.

»Orangensaft und die belgischen Waffeln mit Obst für mich.« Blair klappte ihre Speisekarte zu und Denver nahm sie ihr ab.

»Ich nehme das Gleiche, Milo, danke.« Denver reichte dem Mann die Speisekarten und Milo ging weg.

»Kennst du hier jeden mit Namen?«, fragte sie.

»Natürlich. Ich lerne jeden neuen Mitarbeiter bei Seven Seas kennen. Mein Manager sortiert zusammen mit unserem Personalleiter die Lebensläufe vor, aber zu den abschließenden Vorstellungsgesprächen holen sie mich.«

»Auch für Kellner?«

Er nickte. »Jeder, der hier arbeitet, ist wichtig. Ich möchte, dass meine Mitarbeiter wissen, dass sie wertgeschätzt werden. Ich zahle ihnen mehr, und ja, meine Einnahmen sind dadurch nicht so hoch wie die anderer Resorts, aber die Loyalität und Zufriedenheit meiner Mitarbeiter wirkt sich auf die Stimmung meiner Gäste aus. Ein hervorragender Service sorgt für zufriedene Gäste, die gern wiederkommen.«

»Nun, das ist eine Gemeinsamkeit«, sagte sie.

»Was meinst du?« Er lehnte sich auf seinem Stuhl zurück, als Milo mit ihrem Orangensaft und zwei Gläsern Wasser zurückkkam.

»Wir glauben beide an Respekt am Arbeitsplatz. Das ist ein Anfang.« Sie holte ein kleines Notizbuch aus ihrer Handtasche.

»Ich nehme an, das tun wir.« Denver blickte auf das Notizbuch. »Wofür ist das?«

»Wir müssen uns eine detaillierte Geschichte ausdenken, wie wir uns kennengelernt haben. Ich möchte das alles aufschreiben. Die Details, meine ich, damit ich es nicht vergesse.«

Denver rutschte mit seinem Stuhl näher, bis dieser

direkt neben ihrem stand. Sie konnte tatsächlich seine Körperwärme spüren, so nah war er ihr. Der Duft seiner Haut und ein Hauch von Aftershave erweckten alles Weibliche in ihr.

»Das brauchst du nicht.« Er legte eine Hand auf das Notizbuch, während seine Finger leicht die ihren berührten.

»Ich –«

»Schließe deine Augen, Blair.« Es war ein Befehl, aber sein Ton war sanft.

Sie tat dies nur widerwillig. Seine Hand glitt ihren Unterarm hinauf und streichelte ihn leicht mit seinen Fingern, während er begann, ein Bild für sie zu malen.

»Wir haben uns auf einer sehr langweiligen Geschäftskonferenz in Chicago kennengelernt. Wir waren die Einzigen im Aufzug und wir kannten uns nicht. Du trugst mörderische Stöckelschuhe, die mich dazu brachten, auf deine Beine zu starren und die Linie deiner Strümpfe zu verfolgen, die diese schwarzen Nähte hatten, die hinten ganz hoch gehen. Damals erwachte mein Hunger nach dir. Ich kannte dich nicht einmal, aber ich wollte dich.«

»Als du aus dem Aufzug gestiegen bist, um zu deinem Zimmer zu gehen, blieb einer deiner Absätze im Zwischenraum zwischen dem Aufzug und dem Boden stecken. Natürlich kam ich dir zu Hilfe, aber die Aufzugstüren versuchten, sich zu schließen, als ich dich und deinen Schuh befreite. Das Fett der Fahrstuhltüren hat meinen Anzug verschmutzt. Nachdem du den Schaden gesehen hast, hast du darauf bestanden, mir zu helfen, die Reinigung des Hotels zu kontaktieren. Also folgte ich dir auf dein Zimmer, und du hast mich hereingebeten ...« Er zeichnete ein so normales, glaubhaftes Bild eines ersten Treffens, dass sie sich vorstellen konnte, dass es wirklich so abgelaufen war.

»Als wir drinnen waren«, fuhr sie für ihn fort, »half ich dir, dein Jackett auszuziehen, und wir stießen im engen Gang des Hotelzimmers zusammen, und ich lachte, aber du nicht. Du hast mich auf diese brennende Art und Weise angesehen, die mich ein wenig verrückt machte und in mir den Wunsch weckte, dein Hemd aufzureißen und alle Knöpfe fliegen zu lassen.«

»Und was habe ich dann getan?«, fragte er mit heiserer, tiefer Stimme.

Blair hielt die Augen geschlossen und schwelgte noch immer in ihrer Fantasie. »Du hast mich gegen die Wand gedrückt und mich geküsst. Es war die Art von Kuss, bei der die ganze Welt um uns herum implodieren könnte und keiner von uns würde es merken.«

»Und nach diesem weltbewegenden Kuss?« Er fuhr mit den Fingerspitzen über ihren Handrücken und machte leichte Bewegungen, die sie schon bei der kleinsten Berührung berauschten.

»Wir waren nie mehr dieselben«, antwortete sie und dachte an den gestrigen Abend in ihrem Bungalow und daran, wie sie beide sich mit dem, was hätte sein können, gequält hatten. Wenn nur die Vergangenheit anders gewesen wäre.

»Es dauerte einen Tag, bis wir endlich dein Bett verlassen konnten«, fuhr er fort. »Als ich herausfand, wer du bist, war ich wütend, aber ich konnte mich nicht darum scheren. Ich war zu süchtig nach dir und dem Vergnügen, in dir zu sein. Was ich für dich empfand, löschte die Vergangenheit aus, und alles, woran ich denken konnte, war, wann ich das nächste Mal mit dir zusammen sein konnte.«

Wie konnte er so aufrichtig besessen klingen? So durch und durch verliebt und verzweifelt nach ihr? Vielleicht war es wahr, was man über den schmalen Grat zwischen Liebe und Hass sagte. Vielleicht wusste Denver, wie man ihn überquerte, um dieses Spiel zu spielen und gleich wieder zurückzuschalten. Das fiel ihr schon schwerer.

Denn ich habe ihn nie gehasst und könnte ihn nie hassen.

»Also.« Sie räusperte sich. »Wir sind seit vier Monaten zusammen und das ist das erste Mal, dass ich Seven Seas besuche und das Resort sehe.«

»Und weil ich so verliebt in dich bin, habe ich vor, dir bald einen Antrag zu machen, aber du weißt nicht, wann. Es wird eine Überraschung sein.« Er löste seine Hand von ihrer, als Milo mit ihrem Frühstück an den Tisch kam.

Blair, deren Mund plötzlich trocken war, trank

hastig die Hälfte ihres Orangensaftes und einen großen Schluck ihres Wassers. Die ganze Zeit über beobachtete Denver sie mit seinem selbstgefälligen Grinsen. Er wusste genau, wie er auf sie wirkte. Sie presste ihre Schenkel zusammen und schämte sich innerlich, dass ihr Slip feucht war, nur wegen der Fantasie, die sie zusammen gesponnen hatten.

»Guten Appetit.« Milo stellte ihre Teller und eine kleine Vase mit Blumen auf den Tisch, bevor er sie wieder allein ließ. Die blauen Hortensienblüten in der Vase akzentuierten das tiefe Rot der in Scheiben geschnittenen Erdbeeren, die auf der großen, perfekt gebackenen belgischen Waffel verteilt waren. Sie schnitt in die Waffel und nahm einen Bissen, obwohl sie sich schuldig fühlte, etwas so Schönes zu zerstören.

»Nun, wie findest du die Waffel?« Denver wartete auf ihre Reaktion.

»Ich denke, sie ist perfekt, wie alles hier.«

»Gut.« Er entspannte sich leicht. »Einer meiner Freunde aus dem College, Christian Michaels, ist der Küchenchef hier. Er ist ein Meister darin, einfache Rezepte neu zu erfinden. Wie dieses hier. Es hat Muskatnuss und Meersalz im Teig.« Denver nahm einen Bissen, schloss die Augen und lächelte. »Verdammt, der Mann bringt mich dazu, Essen zu lieben.«

»Ich nehme an, er hat gestern Abend den Wolfsbarsch gemacht?« Sie hatte das Essen kaum wahrgenommen, aber rückblickend musste sie zugeben, dass es fantastisch geschmeckt hatte.

»Ja, das hat er.« Denvers Tonfall war stolz, aber voller Zuneigung für seinen Freund und nicht für ihn selbst.

»Also, wir haben unser Treffen und unseren allgemeinen Dating-Hintergrund ausgearbeitet, aber wir müssen uns noch ein paar andere Details einprägen, wie persönliche Dinge.« Sie griff wieder nach ihrem Notizbuch.

»Zum Beispiel?« Sein Blick wanderte zu dem Notizbuch.

»Du weißt schon, grundlegende Beziehungsinformationen. Welche Farbe hat deine Zahnbürste? Auf welcher Seite des Bettes schläfst du? Wie magst du deinen Kaffee? So etwas in der Art.«

»Blassblau, die linke, ganz schwarz wie mein Herz.« Denvers Grinsen war wölfisch.

»Ich meine es ernst.« Sie biss sich auf die Lippe und versuchte, nicht zu lachen.

»Ich auch. Und bei dir?«

»Das waren nur Beispiele.« Sie nahm einen weiteren Bissen von der Waffel.

»Ich habe dir meins gesagt. Jetzt musst du mir deins sagen.« Etwas an seiner jungenhaften Herausforderung ließ sie erröten.

»Also, gut. Hellrosa, rechts, und ich bevorzuge grünen Tee, keinen Kaffee.«

»Zur Kenntnis genommen.« Denver beendete schnell sein Frühstück.

»Du willst dir nichts aufschreiben?«

Er rollte mit den Augen. »Deine Lieblingsfarbe ist Rosa. Ist das nicht ein Detail?«

»Das ist nicht meine Lieblings ...« Sie hielt inne, als ihr klar wurde, dass sie tatsächlich eine Menge rosa Sachen besaß.

»Ich mag Rosa. Als Kind habe ich es gehasst. Blau war meine Lieblingsfarbe – und ist es immer noch –, aber als ich aufs College kam, wurde mir klar, dass ich Rosa für mich zurückgewinnen wollte. Ich hatte es immer gemieden, weil es als Mädchenfarbe verschrien war, und ich wollte mich nicht durch eine Farbe definieren lassen. Aber jetzt mag ich Rosa wirklich. Die helle, blumige Fröhlichkeit bringt mich einfach zum Lächeln, auch wenn Blau immer noch meine Lieblingsfarbe ist. Rosa ist eine Farbe, die keine Entschuldigung verlangt.« Blair hielt inne, als sie merkte, dass sie geschwafelt hatte und Denver sie anstarrte.

»Entschuldigung, das war eine langatmige Erklärung.«

»Du musst damit aufhören«, sagte Denver in ruhigem Ton.

»Keine Erklärungen mehr?«

»*Dich zu entschuldigen*. Das musst du nicht.«

»Es tut mir leid, ich ...« Sie hielt inne, als ihr klar

wurde, dass sie sich für die Entschuldigung entschuldigen wollte.

»Komm. Ich habe eine Idee.« Denver erhob sich von seinem Stuhl.

Blair folgte ihm, halb ängstlich, halb aufgeregt. Wenn nur diese Sache zwischen ihnen nicht vorgetäuscht wäre, denn manchmal fühlte sie sich wunderbar echt an – und war das nicht das Problem? Sie wünschte, die Vergangenheit zwischen ihren Vätern wäre eine Brücke, die sie niederbrennen könnte, um dann nie wieder zurückzublicken.

———

DENVER LIESS DEN MOTOR SEINES SCHNELLBOOTS AN UND setzte seine Sonnenbrille auf. Die Sommersonne war bereits heiß, aber mit dem Wind würde es sich bald abkühlen. Das Boot brüllte wie ein angriffslustiger Tiger, bevor er den Motor drosselte und es aus seinem privaten Dock am Ende des Seven Seas Privatstrandes heraus steuerte. Er warf einen Blick in den hinteren Teil des Boots, um nach Blair zu sehen, die auf dem äußersten Rücksitz saß und deren dunkles Haar hinter ihr her wehte.

»Es wird Zeit, dass du meine Inseln siehst«, rief er ihr zu. Sie stand auf, als er eine gute, gleichmäßige Geschwindigkeit erreicht hatte, und setzte sich zu ihm ans Steuer.

»Die Bahamas sind eigentlich ein Archipel, das aus siebenhundert niedrig gelegenen Inseln und Buchten besteht«, erklärte Denver, während er in Richtung der Küste nickte. Paradise Island war eine solche Insel nördlich von Nassau, einem der berühmtesten Häfen der Bahamas. Als sie an den Stränden und Docks von Nassau vorbei segelten, sah sie, dass die Insel mit Reihen von bunt gestrichenen Häusern übersät war, die nur wenige Schritte von den Docks und Wegen entfernt waren.

»Das ist Nassau.« Er nickte auf die Insel im Süden. »Paradise Island, *meine Insel*, ist so etwas wie die hedonistische kleine Schwester von Nassau, das wilde Kind der Bahamas.«

»Das wilde Kind, hmm?« Blair lächelte, die Sonne schien sie zum Strahlen zu bringen.

Denver versuchte, nicht daran zu denken, daran, wie absolut rein ihr Lächeln war. Er war schon mit vielen Frauen zusammen gewesen, und nur wenige lächelten, zumindest aus natürlichen Gründen. Blair war die Art von Mensch, die ihre Mimik nicht dazu benutzte, jemanden zu kontrollieren und zu manipulieren. Nicht zum ersten Mal kam ihm heute der Gedanke, dass sie vielleicht nicht wie ihr Vater war.

»Hast du Lust auf eine Spritztour?«, fragte er.

»Eine Spritztour?« Ihre hübschen braunen Augen füllten sich mit Misstrauen.

»Setz dich hin und halt dich fest.« Er lachte über

ihren Gesichtsausdruck, ihre großen Augen und leicht geöffneten Lippen, bevor er Gas gab und sie über das Wasser dahin rasten.

Etwas mehr als eine Stunde später erreichten sie den Exuma Cays Land and Sea Park, der das Archipel der Cays schützte, die sich wie helle Perlen in einer zweiundzwanzig Meilen langen Reihe von Inseln südlich von Nassau aneinanderreihen. Er stellte den Motor ab, warf den Anker aus und vertäute das Boot in Ufernähe. Blair schlief, ausgestreckt auf der gepolsterten Bank im hinteren Teil des Boots. Er hatte einen Moment Zeit, sich an ihrem Anblick zu ergötzen, ihrem dunklen Haar, das sich über die Polster ergoss, und ihrer Haut, die unter der karibischen Sonne schimmerte. Denver hasste es, sie zu wecken, aber er hatte sie hierher gebracht, um ihr das zu zeigen, und das war es wert.

Er legte eine Handfläche auf ihre Schulter. »Blair.« Er sprach ihren Namen sanft aus, widerwillig, weil er das Gefühl auf seinen Lippen liebte. Es ließ ihn an andere Stellen denken, die er mit seinen Lippen spüren wollte, wie ihren Hals, die weichen Rundungen ihrer Brüste, die er unter dem Ausschnitt ihrer Bluse erblickte. Sie hatte einen Körper, der reif dafür war, gekostet zu werden, und er war ein Mann, der den einzigartigen Geschmack einer Frau genoss.

»Was ist?«, murmelte sie schläfrig. Ihre langen, vollen Wimpern flatterten, als sie aufwachte.

»Wir sind da, auf den Exumas.« Er deutete mit dem Kopf auf ihre Umgebung. Das türkis-blaugrüne Wasser ging in helllachsfarbene Sandflächen über, bevor es sich in dichte smaragdgrüne Wälder vertiefte.

Blair setzte sich auf und rieb sich die Augen in kindlichem Staunen über die Schönheit der Exumas. Denver liebte diesen Blick jedes Mal, wenn er ihn auf dem Gesicht eines Menschen sah. Er wurde nie müde zu sehen, wie sich Menschen in seine Heimat verliebten, besonders in diesen Teil. Die fast einhundertsiebzig Quadratmeilen blau schattierten Meeres beherbergten das abgelegene ökologische Reservat und Wildnisgebiet, das nur mit Wasserflugzeugen oder Booten erreichbar war.

»Bist du bereit, schwimmen zu gehen?« Denver begann, sein weißes Leinenhemd aufzuknöpfen.

»Schwimmen? Was ist, wenn ich meine Badesachen nicht mitgebracht habe ...« Blairs Blick ruhten auf seiner entblößten Brust.

»Du trägst einen BH und ein Höschen, oder? Das ist doch das Gleiche wie ein Bikini.« Denver konnte sich ein Grinsen nicht verkneifen. Sie wussten beide, dass das nicht stimmte. Es gab einen Unterschied zwischen Dessous und Bikinis. Das eine führte normalerweise zu Sex ... okay, für ihn führte beides zu Sex.

»Zum Glück habe ich mit einem Sprung ins Meer gerechnet, aber ich benötige etwas Privatsphäre, um mich umzuziehen ...«

»Jetzt werde nicht albern, Süße. Ich werde ein Gentleman sein und mich umdrehen.« Er meinte den Kosenamen eigentlich ironisch, aber er kam eher liebevoll rüber.

Ihre Augen verengten sich und sie stand auf, wobei sie mit den Händen die rosa Seidenbluse hochzog, um sie auszuziehen. Er hörte deutlich die Worte *zeig's ihm* aus ihren gemurmelten Worten heraus, bevor sie die Bluse ganz über den Kopf zog und auf den Boden seines Boots flattern ließ. Der BH, den sie trug, war ein nudefarbenes, spitzenbesetztes Teil, das ihre Brüste auf eine Weise umschloss, die seinen ganzen Körper vor dem Urbedürfnis, sie zu erobern, erstarren ließ. Sie hatte es ihm eindeutig gezeigt ... und er würde dafür bezahlen.

Blair zog ihre Schuhe aus und schlüpfte dann aus ihren Shorts, um ein Paar rosafarbene Hotpants aus Spitze zum Vorschein zu bringen.

Jesus ...

Denver räusperte sich und entledigte sich seiner Kleidung, bis er nur noch seine Boxershorts trug. Dann befestigte er die Leiter am Heck seines Boots und stieg über die Bordwand ins Wasser, wobei er ihr den Rücken zuwandte, um ihr Privatsphäre zu geben. Die Sommerhitze und die Strömung machten das seichte Wasser um die Exumas warm und einladend, während er und Blair mit gleichmäßigen Zügen in Richtung Ufer schwammen.

Keiner der beiden sagte etwas, während sie sich durch das Wasser bewegten. Es war das erste Mal, dass er so mit einer Frau im Wasser war. Trotz seiner jahrelangen Aufenthalte auf den Bahamas war er noch nie mit einer Frau hierher zum Schwimmen gegangen. Es war intim. Das Meer war seine Welt, sein einsamer Ort des Friedens, aber Blair in seiner ozeanischen Sphäre zu haben, war schön – mehr als schön. Er war immer gern allein geschwommen, aber jetzt, wo Blair hier war, wurde ihm klar, dass er die Einsamkeit nur unterdrückt hatte. Mit ihr an seiner Seite wurde diese Einsamkeit von der Flut weggespült.

Als das Wasser den Wellen wich, die sich an den sandigen Untiefen vertieften, streckte er den Arm nach Blair aus und umfasste ihr Taille, um sie zu stützen, als sie wieder auf die Beine kamen und zum Ufer gingen. Es fühlte sich gut an, sie an seiner Seite zu haben, ihre kleinere, nasse, weibliche Gestalt an seine gepresst.

»Sind wir die einzigen Menschen hier?«, fragte Blair, als sie den Strand erreichten und Fußspuren auf dem weißen Sand hinterließen.

»Heute sieht es so aus. Es ist schwer zu erreichen, deshalb kommen nicht viele Touristen hierher.« Denver beobachtete das Wechselspiel der Gefühle auf Blairs Gesicht, als sie die Bucht betrachtete.

Es war herrlich ruhig, der elfenbeinfarbene Sand sauber, und die einzigen Geräusche neben dem Meer waren eine Symphonie von Vögeln und das Rascheln von Palmen. Er war hier schon oft getaucht und hatte vor, Blair die Riffe in der Nähe zu zeigen, wenn sie Zeit hatten. Dort wimmelte es von Meereslebewesen, darunter Schildkröten, Muränen und vielfarbige Fische.

Denver führte Blair tiefer in die üppige tropische Welt und wies sie auf die seltene Sichtung von Bahamas-Leguanen und Ringelschwanzechsen hin.

Ihre Augen leuchteten vor Erstaunen, als sie auf ein kleines, pelziges, braunes Nagetier zeigte, das über ihren Weg huschte.

»Was ist das?«

»Ein Hutia. Das ist eine einheimische, vom Aussterben bedrohte Nagetierart.«

»Sieht aus wie ein Meerschweinchen.« Sie grinste, als sie beobachtete, wie die Hutia vor ihnen innehielt und an einem Stückchen Vegetation knabberte, bevor sie in den dunklen Wald verschwand.

»Wir werden nicht allzu viele von ihnen sehen. Sie sind nachtaktiv.«

»Sie sind bezaubernd.«

»Warte, bis du die Schweine siehst«, sagte Denver und lachte über ihre großen Augen.

»Schweine?«

Er konnte nicht anders, als in ihrer unschuldigen Schönheit zu schwelgen. Sie war so mühelos schön, auf diese weiche, romantische Art und Weise, die viele Menschen für selbstverständlich hielten. Sie war – mit einem Wort – zeitlos, und er erkannte, dass ein Mann sich in Fantasien über eine Frau wie sie verlieren konnte.

»Komm schon, *Süße*«, neckte er sie erneut.

»Ja, *Schatz*.« Sie lächelte ihn an, als sie ihre Hand in seine legte. Es fühlte sich richtig an, es fühlte sich gut an. Es fühlte sich an, als ob ihre Hand schon immer mit seiner verschränkt gewesen wäre. Und war das nicht das beste und schlimmste Gefühl überhaupt?

5

Die Exumas waren ein anderes Paradies als der Seven Seas Beach Club. Sie waren ein natürlicher Zufluchtsort, frei von menschlichen Eingriffen. Die exquisite Reinheit des Landes, so wie es die Natur geschaffen hatte, hatte etwas für sich.

Sie warf einen kurzen Blick auf Denver, als sie durch den lichten Wald der Insel zu einem anderen Strand gingen. Er schien entspannt zu sein. Die harte Linie seines Kiefers war weniger starr, da er aufgehört hatte, ihn zusammenzupressen, und seine Lippen waren leicht nach oben gebogen, fast, als würde lächeln. Sie war froh darüber. So sehr ein wütender, finster dreinblickender Denver sie auch anmachte, sie wollte, *musste* diese weichere, süßere Seite von ihm sehen. Die Seite von ihm, die er vielleicht öfter zeigen würde, wenn sein Leben nicht so früh von einer Tragödie heimgesucht worden wäre.

»Sei bereit«, warnte Denver.

Einen Augenblick später betraten sie einen weiteren weißen Sandstrand, an dem sich eine Schar von Wildschweinen völlig zahm auf dem Sand um sie herum bewegte. Die meisten waren weiß, einige hatten einen halb schwarzen Oberkörper. Alle waren groß, bis auf ein paar Ferkel.

»Ich hatte angenommen, du machst einen Scherz.« Sie lachte, als ein paar Schweine ins seichte Wasser trippelten und zu schwimmen begannen.

»Diese Schweine sind schon so lange hier, dass niemand wirklich weiß, wie sie hierhergekommen sind. Jetzt sind sie ein fester Bestandteil der Exumas und eine der interessantesten Touristenattraktionen.«

Blair bewunderte die großen Tiere, die in ihrer tropischen Welt so zufrieden zu sein schienen.

»Sie sind gute Schwimmer«, bemerkte sie.

»Willst du sie dir näher ansehen?« Denver ging auf das Wasser zu und sie folgte ihm. Die Schweine musterten sie erwartungsvoll, aber da sie kein Futter in den Händen hielten, verloren sie das Interesse. Denver watete ins seichte Wasser und mehrere Schweine schlossen sich ihm an und schienen es zu genießen, wie ein Mensch zu schwimmen.

»Nicht so schüchtern, *Süße*!«, rief Denver, als sie knietief im Wasser verweilte. Sie seufzte und bewegte sich weiter hinaus, während die Wellen sie umspülten, bis sie mit ihm hüfttief in der klaren blauen Brandung stand.

»So würdest du deine Freundin nennen?«, fragte sie, als sie ihn erreichte.

Die nächste Welle hob sie von den Füßen und er packte sie an der Taille und drückte sie an sich. Das Wasser war warm, aber Denvers Körper war noch heißer, als er sich an ihren presste. Sie hielten einander fest, sein Körper drückte ihren an sich, während das Wasser sie zum Schwanken brachte. Um sie herum paddelten die Schweine fröhlich umher und tummelten sich im Wasser. Die Luft veränderte sich, als Blair realisierte, dass sie mit Denver allein auf einer wunderschönen Insel im Paradies war. Es war entweder der Beginn von etwas Schönem oder etwas Schrecklichem. Doch als er sie ansah, seine Hände sanft auf ihrem Körper, spürte sie, dass es definitiv ein heißer Moment war.

Er neigte den Kopf, als er zu ihr hinunterblickte. »Ich glaube, ich würde dich *Liebling* nennen.« Seine haselnussbraunen Augen waren dunkel und drehten sich stürmisch, als er sie musterte.

»Du glaubst? Du bist dir nicht sicher? Hattest du noch nie eine richtige Beziehung?«, fragte sie und legte ihre Hände auf seine Oberarme, was sie auf eine Weise mit ihm verband, die sie frösteln ließ. Sie schmiegte sich wieder an ihn, ihre Haut errötete, weil seine Hitze sie mehr wärmte als das Sonnenlicht.

»Hatte ich nicht«, antwortete er schließlich und sein Blick wurde feurig. »Und du? Wie viele Herzen hat Blair Ashworth schon gebrochen?«

»Keine«, gab sie zu.

Denver hob herausfordernd eine dunkle Augenbraue. »Nicht einmal eins?«

»Nein. Ich verabrede mich oft, aber es ist immer nur von kurzer Dauer. Ich liebe meine Arbeit und gebe alles für sie. Ich habe noch niemanden getroffen, der dieses Maß an Liebe und Besessenheit aufbringt. Ich fühle mich wie ...« Sie brach ab und biss sich auf die Unterlippe. Fast hätte sie einem Mann, der sie eigentlich verachten sollte, ihre Seele ausgeschüttet.

»Wie fühlst du dich?« Er hob ihr Kinn mit sanften, aber festen Fingern hoch, sodass sie seinem Blick standhalten musste.

Blair wollte ehrlich zu ihm sein, auch wenn er es nicht verstehen würde oder sie immer noch nicht mochte. Es war wichtig, ihm die Wahrheit über sich selbst zu sagen.

»Vielleicht ist es die hoffnungslose Romantikerin in mir, aber ich habe das Gefühl, dass ich mich nicht nur mit *jemandem* zufriedengeben kann. Ich brauche Feuer, Blitze, Besessenheit, Anziehung und Liebe. Ich weiß, dass alles andere mit der Zeit verblasst und nur die Liebe bleibt, aber ich habe noch niemanden getroffen, der das Feuer in mir entfacht hat, kein tief brennendes, das zur Liebe führen würde.« Sie begegnete seinem Blick furchtlos, unfähig, die Hitze seines Körpers zu verleugnen und wie sie sich dadurch herrlich weiblich fühlte. »Solange ich das nicht habe, gehe ich mit niemandem ernsthaft aus, weil ich niemandem das Herz brechen will.«

Seine Augen waren voller sinnlichem Feuer, als er sie schweigend betrachtete. Sie ließ ihre Hände von seinen Armen gleiten, um sich zurückzuziehen, aber er hielt sie auf, seine Finger drückten sich in ihre Hüften. Sie hatte sich ihm gerade geöffnet, sich verletzlich gezeigt, und sie erwartete, dass er mit Grausamkeit antworten würde. Stattdessen drückte er sie noch enger an sich, noch stärker beschützend, was ihr Herz vor Sehnsucht beben ließ. Es war beängstigend und aufregend, dass dieser Mann sie so stark berührte.

»Es ist mutig, so ehrlich zu mir zu sein«, antwortete er. Sein Tonfall war unfassbar sanft.

Sie sah weg, unsicher, wie sie reagieren sollte. Erst dann ließ er ihre Hüften los. Sie entfernte sich von ihm und schwamm zurück ins seichtere Wasser, dann zurück ans Ufer und suchte Zuflucht im Schatten.

Wieso hatte er die Fähigkeit, ihre Mauern so zu durchbrechen?

Blair lehnte an einer Palme und beobachtete Denver, der aus dem Meer stieg. Er strich sich das Haar mit den Händen zurück, und das Sommerlicht ließ

Dutzende Wassertropfen auf seiner Haut schimmern. Seine nassen Boxershorts klebten an seinen muskulösen Oberschenkeln und verbargen nur wenig von seinen natürlichen Vorzügen. Ihr Körper reagierte gegen ihren Willen und ihre Nippel wurden hart. Sie verschränkte die Arme vor der Brust und konzentrierte sich stattdessen auf das Paradies der Exumas. Sich auf die Arbeit zu konzentrieren war ihr persönlicher Sicherheitsmodus, und sie ließ ihre Gedanken gleich wieder zu den neuen Ideen für ihre Werbekampagne abschweifen.

Die Natur musste eine größere Rolle spielen, sie musste hervorgehoben werden. Das Seven Seas war ein Ort der Natur und der Magie, mit allen Annehmlichkeiten eines Fünf-Sterne-Resorts. Ja, das würde ihr neuer Ansatz für die Kampagne sein.

»Wir sollten zurückfahren, wenn wir es noch zum Abendessen schaffen wollen. Außerdem müssen wir mehr grundlegende Dinge über unser Leben besprechen, wenn wir unseren Plan durchziehen wollen.« Denvers Stimme durchbrach ihre Gedanken. Seine Sanftheit war verschwunden und an ihre Stelle ein emotionsloser, sachlicher Ton getreten. Blair benötigte einen Moment, um sich von dem Fantasie-Denver zu lösen, dem Mann, in den sie sich ganz real zu verlieben drohte. Bei diesem Denver ging es nur ums Geschäft.

»Richtig ...«

Sie folgte ihm zurück auf die andere Seite der Insel

und dann schwammen sie zum Boot. Er half ihr, ins Boot zu steigen, holte zwei große Strandtücher und gab ihr eines. Sie trocknete sich ab, zog sich aber nicht an. Er tat es auch nicht. Sie streckte sich auf dem Rücksitz des Boots aus, um sich von der Sonne abtrocknen zu lassen, während Denver sie zurück zu Paradise Island fuhr.

Etwas hatte sich zwischen ihnen verändert, etwas, von dem sie nicht sicher war, ob sie es verstand. War es gut oder schlecht? Sie wusste nur, dass sie nervöser denn je war, weil sie sich heute Abend mit den Hudsons zum Essen treffen und die Rolle eines Mädchens spielen sollte, das in Denver Ramsey verliebt war. Das Beängstigende daran war, dass es gar nicht so schwer sein würde, so zu tun, als sei sie in ihn verliebt.

———

Denver ging in der Lobby umher, jeder Nerv in ihm war angespannt. Während des angenehmen Nachmittags mit Blair auf der Insel hatte er mehr als einmal vergessen, dass er sie eigentlich hassen sollte.

Er wusste ein Dutzend Dinge über sie, etwa, dass sie Haferflocken-Schokoladenkekse mochte und alles mit Rosinen für ein Verbrechen an Keksen hielt. Sie hatte schreckliche Frühlingsallergien, liebte aber den Geruch von frisch gemähtem Gras und war besessen davon, für die Schule einzukaufen, obwohl sie das Schulalter schon überschritten hatte. Er hatte es geschafft, mehr von sich preiszugeben, als er erwartet hatte. Sie war ziemlich geschickt darin, Dinge aus ihm herauszukitzeln. Es hatte sich ... lustig angefühlt. Er hatte nicht erwartet, dass irgendetwas mit ihr Spaß machen würde, außer vielleicht, sich mit ihr im Bett zu vergnügen. Aber gleich sollte ihr Nachmittag mit dem Frage-und-Antwort-Spiel auf die Probe gestellt werden.

Jeden Moment würden die beiden Gründer der Fawkes Group eintreffen, um ihn und sein Resort zu beurteilen. Er fühlte sich in die Highschool zurückversetzt und hatte einen dieser Träume, in denen er nackt vor der Klasse stand. Nachdem er den Tag mit Blair verbracht hatte, fühlte er sich noch entblößter und verletzlicher, als er es gewohnt war. Irgendetwas an ihr und der Art, wie sie von ihrer Verliebtheit gesprochen hatte, hatte ihn sehr berührt. Es gab einen Grund, warum er es vorzog, sich auszutoben, was Frauen anging. Eines Tages würde er nach der Richtigen suchen, aber bis er diejenige gefunden hatte, die Berge in ihm versetzte, wollte er sich nicht mit irgendeiner niederlassen. Es war etwas, das sie gemeinsam hatten, obwohl er *nichts* mit Paul Ashworths Tochter gemeinsam haben wollte.

Die Türen der Lobby öffneten sich und ein großer Mann kam auf Denver zu. Er hatte eine schlanke, aber muskulöse Figur und dunkles Haar, das an den Schläfen einen Hauch von Grau aufwies. Eine atemberaubende Rothaarige in einem dunkelblauen Cocktail-kleid war an seiner Seite. Denver erkannte die beiden sofort als Jack und Anne Hudson.

»Mr. Ramsey«, grüßte Jack, als sie ihn entdeckten.

»Mr. Hudson, schön, dass Sie hier sind. Mrs. Hudson.« Denver nickte Jacks Frau höflich zu.

»Bitte, wir sind Jack und Anne.« Jack schüttelte Denver die Hand.

»Denver.«

»Schön, Sie persönlich kennenzulernen, Denver. Ich ziehe es immer vor, jemanden persönlich zu treffen. Es ist schwer, sich am Telefon kennenzulernen.«

»Das stimmt.« Denver lächelte und entspannte sich.

»Nun, ich hoffe, wir haben es rechtzeitig zum Abendessen geschafft?«, fragte Jack. »Unser Flug aus Florida hatte Verspätung und wir hatten gerade genug Zeit, um einzuchecken, zu duschen und uns umzuziehen.«

»Auf jeden Fall. Das Restaurant ist bis spät geöffnet und es ist erst acht Uhr.«

»Wird Ihre Lebensgefährtin sich uns heute Abend anschließen?«, fragte Anne hoffnungsvoll.

»Blair? Ja.« Denver zog seinen Anzugärmel zurück und sah auf seine Uhr. Sie hätte schon vor einer halben Stunde hier sein sollen. Hatte sie ihre Meinung geän-dert? Auf dem Rückweg von den Exumas war er ein eiskaltes Arschloch gewesen, aber er konnte nicht zulassen, dass sie ihm weiter so unter die Haut ging. Sie war zu gut darin. Also hatte er seine Gefühle abgeschaltet. Es war vielleicht falsch gewesen, das zu tun.

»Schatz, tut mir leid, dass ich zu spät bin.« Blair stürmte in die Lobby, ein bunter Wirbel, bevor sie um Denver herumging und vor ihm stehenblieb. Ihre Hände umschlossen seinen Nacken, als sie sich auf die Zehenspitzen stellte, um ihn auf die Wange zu küssen. Er legte einen Arm um ihre Taille und versuchte, nicht daran zu denken, wie das kleine rote Kleid, das sie trug, ihn auf alle möglichen Ideen brachte, was er tun sollte, sobald sie allein waren.

»Da bist du ja, Liebling. Ich dachte, du würdest das Abendessen verpassen.« Er lächelte strahlend, ohne den Tadel in seinem Tonfall zu verbergen.

Blair fummelte an dem goldenen Armreif an ihrem Handgelenk herum und errötete, als sie sich Jack und Anne zuwandte.

»Sie müssen Mr. und Mrs. Hudson sein. Es tut mir so leid, dass ich so spät dran bin. Denver und ich hatten heute einen kleinen romantischen Ausflug auf die Exumas und ich benötigte eine Dusche. Ich bin Blair Ashworth. Freut mich, Sie kennenzulernen.« Sie hielt ihnen die Hand hin.

»Mit Vergnügen«, sagte Jack und schüttelte ihre Hand.

»Einen romantischen Ausflug?« Anne seufzte verträumt und stupste ihren Mann in die Rippen. »So etwas solltest du besser für mich planen, während wir hier sind.«

»Schon erledigt«, versprach Jack seiner Frau mit einem verwirrten Blick.

»Wollen wir zum Abendessen gehen?«, bot Denver an.

»Gern«, stimmte Jack zu und Denver, der seinen Arm immer noch besitzergreifend um Blairs Taille gelegt hatte, führte sie zu einem Tisch im Hauptbereich des Speisesaals.

Jack und Denver zogen beide Stühle für die Frauen heran, bevor sie sich setzten. Sofort kam ein Kellner an ihren Tisch und hielt ihnen eine Weinkarte und Speisekarten hin.

»Erzählen Sie mir von den Exumas«, bat Anne Blair.

Denver beobachtete sie aus den Augenwinkeln und beurteilte ihre Darbietung. Sie war entspannt und schwärmte begeistert von ihrem Bad und den Tieren, die sie gesehen hatten, darunter auch die Wildschweine. Blairs schöne braune Augen huschten gelegentlich zu den seinen, als ob sie sich im Stillen bei ihm rückversichern. Das gefiel ihm mehr, als es sollte, und verdammt, wenn ihm dabei nicht warm ums Herz wurde. Sein Knie bewegte sich unter den Tisch, suchte das ihre, und als sich ihre Schenkel berührten, zog sie sich nicht zurück, sondern drückte ihr Bein weiter an seins. Das ließ sein Herz ein paar Schläge schneller schlagen.

»Meine Güte, ich hatte schon von Pig Beach gehört, aber ich kann nicht glauben, dass es so etwas wirklich gibt.« Anne lachte.

»Pig Beach existiert wirklich. Auf einigen der kleinen Inseln gibt es Schweine, und *er*« – Blair deutete mit einem Daumen zu Denver – »hat mir nichts davon erzählt, bevor wir da waren. Das war eine ziemliche Überraschung.«

»Ich wette, das war es.« Anne lachte erneut und staunte dem mit offenem Mund, als sie das Aquarium betrachtete. »Oh, Liebling, sieh mal!« Sie zupfte an Jacks Ärmel. Jack hob seinen Blick von der Weinkarte zu dem riesigen Aquarium hinter Denver und Blair.

»Meerjungfrauen ...«, seufzte Anne verträumt.

Denver wusste, ohne sich umzudrehen, dass das Wasserballett mit seinen Berufstauchern in ihren Kostümen begonnen hatte. Er hatte das Timing *perfekt* gewählt.

»Das sieht man nicht alle Tage.« Jack gluckste. »Das ist schon was. Da frage ich mich, was Sie für Bali geplant haben.«

»Richtig«, sagte Anne mit einem Nicken und sah ihren Mann an. »Auf dem Weg hierher haben wir über Ihren Plan gesprochen. Soll es ein ähnliches Resort wie dieses hier werden oder eine ganz andere Erfahrung?«

Denver warf Blair einen Blick zu und sie lächelte

ihn aufmunternd an und drückte ihren Schenkel fester gegen seinen.

»Zeig es ihnen, Schatz. Du hast doch die Pläne auf deinem Handy, oder?«, fragte sie und klimperte mit ihren dunklen Wimpern auf eine Weise, die ihn dazu brachte, Küsse auf ihre geschlossenen Augenlider drücken zu wollen. Verdammt, die Frau war gefährlich.

»Ja, ich werde sie Ihnen zeigen.« Denver holte sein Handy und begann, Dateien über seinen Cloud-Server abzurufen, während der Kellner zurückkam und die Essensbestellung aufnahm.

»Für Atlantis Rising möchte ich die nächste Stufe erreichen. Ein Unterwasserhotel. Mehrere Unternehmen wetteifern derzeit um Finanzierungen, Baugenehmigungen und Standorte. Ich habe Modelle erstellt, die mit den Modellen von geplanten Projekten wie dem Hydropolis Underwater Hotel and Resort in Dubai vergleichbar sind. Bisher gibt es nirgendwo andere Unterwasserhotels mit mehreren Zimmern, aber das wird die neue Erfahrung sein. Ich möchte exklusiver sein, aber dennoch für die meisten meiner derzeitigen Kunden erschwinglich bleiben.«

»Was ist Ihr Preis pro Nacht?« Anne lehnte sich vor und stützte ihre Ellbogen auf den Tisch. Denver wusste aus seinen Nachforschungen, dass Anne die Zahlenjongleurin war, während Jack eher der kreative Kopf war, der in großen Dimensionen dachte.

Denver beugte sich vor und ging ganz in den

Geschäftsmodus über. »Ich möchte es unter dreitausend halten. Hydropolis hat eine Gebühr von mehr als fünftausend pro Nacht veranschlagt. Ich denke, das ist zu hoch.«

»Sie haben recht«, sagte Blair. »Wenn man den Preis zu hoch ansetzt, wird es zu einem einmaligen Erlebnis. Wenn man ihn etwas niedriger ansetzt, wird es zu einem Erlebnis, das man jedes Jahr wiederholen kann. Es können mehr Leute kommen, was bedeutet, dass mehr Leute es weiterempfehlen können. Dadurch wird das Resort beliebter und bekannter.«

»Genau.« Denver war beeindruckt, dass Blair die niedrigeren Preise als Vorteil ansah. Den Mienen von Jack und Anne nach zu urteilen, stimmten sie zu. Er war unsicher gewesen, ob er einen erschwinglicheren Übernachtungspreis vorschlagen sollte, da er von Natur aus eine Vorliebe für teure Unterkünfte hatte. Aber er wollte, dass dieses Resort in der ganzen Welt bekannt wurde.

»Zeigen Sie uns ein paar Raumbeispiele«, bat Jack. Denver blätterte erneut in seinem Handy und zeigte die Unterwasser-Schlafzimmer, die Speiseräume, die Bibliotheken und sogar einen Konzertsaal.

»Ich nehme an, dass Sie die besten Ingenieure an der Sache arbeiten lassen?«, erkundigte sich Jack, bevor er an seinem Wein nippte.

»Natürlich. Es wird eine Menge kosten, sie von anderen Projekten abzuziehen, aber sie arbeiten seit über einem Jahr an den Plänen und Entwürfen. Die größte Herausforderung besteht darin, eine Landstation mit einem Treffpunkt für die Gäste zu schaffen, um sie dann mit einem geräuschlosen Unterwasserzug zu den Unterwasserunterkünften zu bringen.«

»Wie ist der Status des Projekts in Dubai? Wie weit sind sie mit dem Bau?«

Er lächelte verschmitzt. »Diesbezüglich haben wir Glück. Bei Hydropolis gab Verzögerungen. Sie hatten einige finanzielle Probleme und Meinungsverschiedenheiten mit der Dubai Development and Investment Authority. Es gibt inzwischen einige Angebote von Unterwasser-Restaurants oder Halb-Unterwasser-Zimmern, aber nichts kommt dem nahe, was ich mir vorstelle. Die Regierung auf Bali hat sich bereit erklärt, mit mir zusammenzuarbeiten. Sie wollen, dass Bali für das neue Resort berühmt wird, haben weniger Ego als das Emirate Dubai und weniger bürokratische Anforderungen und Bestechungsgelder, als man sie vielleicht an der chinesischen Küste findet.«

Er ließ seine Ausführungen wirken und blickte in Blairs Richtung. Sie beobachtete ihn mit atemloser Erregung, als könnte sie den Wert seiner Vision erkennen und wie erfolgreich er sein könnte, wo andere scheiterten. Zu wissen, dass sie ihn und seine Träume verstand, ließ ihn einen Schauer der Erregung über den Rücken laufen.

»Könnten Sie uns noch in dieser Woche einen vollständigen Finanzierungsvorschlag für das Projekt vorlegen?«, fragte Anne, nachdem sie dem Kellner gedankt hatte, der ihnen das Essen brachte.

»Das kann ich auf jeden Fall.« Denver hatte alle Finanzdaten und alles andere, was sie für eine Investitionsentscheidung benötigen würden, parat.

Während sie aßen, erklärte Denver den Hudsons so viel wie möglich über seine Pläne für Atlantis Rising und die Erfahrungen, die die Hotelgäste machen würden. Dann drehte sich das Gespräch ganz natürlich um Blair und ihre Arbeit. Er war überrascht, wie interessiert er an ihrer Arbeit war. Es erinnerte ihn an seinen Vater und daran, wie gern Denver sich die neuesten Kampagnen seines Vaters angesehen hatte. Diese Parallele versetzte ihm einen scharfen Stich in seine Brust. Blair war seinem Vater sehr ähnlich, voller Visionen und Leidenschaft für die kreativen Aspekte der Werbung.

Als das Essen ausklang, wechselte Anne das Thema.

»Gibt es eine Lokalität, wo wir heute Abend tanzen gehen können? Ich sollte müde sein von dem langen Flug, aber ich bin es nicht. Ich würde gern ausgehen und etwas von der Insel sehen.«

Ein Anflug von Triumph erfüllte Denver, wurde aber durch die Erkenntnis gedämpft, dass er so die Dating-Scharade mit Blair heute Abend noch viel länger würde aufrechterhalten müssen.

»Der Waterloo Club ist toll. Ich kann anrufen und

mein Auto vorfahren lassen.« Denver wusste, dass dieser Club für alle, die auf Paradise Island unterwegs sein wollten, sicher, stilvoll und unterhaltsam sein würde.

»Großartig. Geben Sie uns fünfzehn Minuten, um uns einzurichten, und wir treffen Sie dann in der Lobby«, sagte Jack, bevor er und seine Frau das Restaurant verließen.

Denver merkte, wie sich Blairs Bein von seinem entfernte. Sie hatten sich während des ganzen Abendessens berührt und die Wärme ihres wohlgeformten, schlanken Beins an seinem eigenen zu verlieren, war seltsam enttäuschend. Er zwang sich, sich davon loszureißen.

Denver und Blair standen beide auf und gingen in die Lobby, um auf das andere Paar zu warten. Er legte seine Hand auf ihren Rücken, wollte sie auf irgendeine Weise berühren.

»Ich glaube, das lief gut. Was denkst du?«, fragte Blair.

»Es ist gut gelaufen – besser als ich erwartet hatte«, musste er zugeben. Blair als vierte Person in ihrer Gruppe zu haben, hatte dazu beigetragen, dass das Abendessen problemlos verlaufen ist. Dadurch, dass sie bei ihm war, fühlten sich die Dinge auf eine Weise ausgeglichener an, die er nicht ganz erklären konnte.

»Ich wusste nicht, dass dein Hotel auf Bali unter

dem Meeresspiegel liegen wird. Das klingt unglaublich.«

»Davon habe ich schon seit Jahren geträumt. Die Idee kam mir, als ich hier auf den Bahamas in der Bimini Road schnorcheln war.«

»Was ist die Bimini Road?« Blair zog einen Lipgloss aus ihrer kleinen Umhängetasche und schminkte ihre Lippen in einem natürlichen Rosé-Ton, der zu ihrem Mund passte. Eine Sekunde lang vergaß Denver, dass sie überhaupt miteinander sprachen. Er sah nur noch Blairs Mund und ihre rosa schimmernden Lippen und konnte den Anblick nicht aus seinem Kopf verbannen. Er wollte sie auf die Knie zwingen, ihr befehlen, ihren Mund zu öffnen und ihn ganz zu nehmen. Sie würde ihn mit diesen schönen rehbraunen Augen ansehen, ganz unschuldig und doch sexy, während sie ihn in selige Vergessenheit blies.

»Denver?«, fragte Blair leise, als sie den Lipgloss wieder in ihre Handtasche steckte. Er sah sie stirnrunzelnd an, weil es das Einfachste war, was er tun konnte, um die gefährlichen Gedanken zu unterdrücken, dass sie irgendetwas Sexuelles tun könnten.

»Was hast du gefragt?« Er ging auf den Parkplatz zu, damit einer der Angestellten sein Auto vorfahren konnte, und sie folgte ihm.

»Die Bimini Road. Was ist das?«

Richtig ... Atlantis ... Jetzt erinnerte er sich daran, worüber sie gesprochen hatten.

Denver lehnte sich an das Pult des Parkservices, einen Arm auf den Tresen gestützt, und sah Blair an. Sie beugte sich vor, um ihn hören zu können, ihr Körper war eine Handbreit von seinem entfernt, und es gefiel ihm, ihre volle, faszinierte Aufmerksamkeit zu haben.

»Die Bimini Road ist eine Unterwasser-Felsformation nördlich der Inseln. Sie besteht aus massiven Kalksteinblöcken. Geologen und Archäologen glauben, dass es sich um eine natürliche Formation handelt, aber es gibt ein gewisses Mysterium, weil sie wie eine antike Mauer oder Straße aussieht. Die verlorene Stadt Atlantis wird seit Jahren mit ihr in Verbindung gebracht, obwohl es dafür keine wirklichen Beweise gibt.«

»Die Menschen lieben es, an Dinge zu glauben. Ich finde es schön, dass es irgendwo auf der Welt noch Magie gibt, du nicht auch?« Ein verträumtes Lächeln erhellte ihr Gesicht in einer Weise, dass er sich ihre Gesichtszüge einprägen wollte. Gott, sie war eine hinreißende Frau, aber wenn sie lächelte, war sie noch schöner.

»Das sehe ich genauso. Das hat mich auf die Idee für ein Unterwasser-Hotel gebracht, ein echtes modernes Atlantis.«

»Darf ich dort hinkommen und übernachten, wenn es fertig ist?« Blairs Tonfall war neckend, aber ihm entging nicht die hoffnungsvolle Andeutung in ihren

Worten.

»Ich könnte ...« Er hasste ihren Vater immer noch, aber er war nicht so wütend auf Blair, zumindest nicht im Moment. Sie hatte beim Abendessen gute Arbeit geleistet. Sein erster Instinkt war gewesen, Ja zu sagen, dass sie überall willkommen sein würde, wo er war, aber dann erinnerte er sich daran, *wer* sie war. Es ärgerte ihn, aber nicht mehr so sehr wie am Tag zuvor.

»Hoffentlich überleben wir das Tanzen«, murmelte sie, als die Hudsons wieder zu ihnen in die Lobby kamen.

Tanzen. Denver zuckte zusammen, aber er war fest entschlossen, die Rolle eines leidenschaftlich verliebten Mannes zu spielen. Doch der Gedanke, Blair im Dunkeln eng an sich zu drücken, eine Ausrede zu haben, sie zu berühren, zu streicheln, vielleicht sogar zu küssen, war eine unwiderstehliche Versuchung.

6

Der Außenpool und der Tanzbereich des Waterloo Club waren gefüllt mit reichen, jungen Touristen. Der Geruch von teurem Parfüm, Schweiß und salziger Seeluft betörte die Sinne. Ein DJ war in der Nähe des Pools postiert und Musik dröhnte aus den teuren Lautsprechern, die überall im Innen- und Außenbereich des Clubs angebracht waren. Die Nacht hatte den Himmel erobert und die Laserstrahlen des Clubs blitzten in wilden Wellen von Blau und Lila über den Tänzern.

Denver legte einen Arm um Blairs Taille, als sie sich durch die Menge bewegten, und sie lehnte sich an ihn, erleichtert, dass er sie beschützte, während er sie durch das Gedränge der Menschen zu einer Stelle führte, wo sie sich in sicherer Entfernung vom Pool befanden.

Anne zog Jack sofort auf die Tanzfläche und bald

waren sie in der Menge verschwunden. Blair atmete erleichtert auf, denn so konnte sie ihre vorgetäuschte Beziehung zu Denver auf Eis legen.

»Möchtest du etwas trinken?«, fragte er sie.

»Ja, bitte.« Ihre Kehle war trocken und sie war froh, eine Minute für sich zu haben.

»Bleib hier«, wies er sie an und verschwand in der Menge in Richtung Bar.

Blair ließ sich auf einem Stuhl an einem kleinen Cocktailtisch im hinteren Teil des Decks nieder und beobachtete die Tänzer. Die Musik war schnell, hatte einen guten Rhythmus und eine gute Melodie. Bisweilen erhaschte sie einen Blick auf Jack und Anne auf der Tanzfläche. Obwohl das Ehepaar Ende vierzig war, schien es die Vitalität eines Paares in den Zwanzigern zu haben. Blair war beeindruckt – mehr als beeindruckt – von dem Paar.

Sie waren ein dynamisches Duo, das ihre Investmentgruppe leitete. Aber es waren nicht nur das. Sie waren immer noch glücklich verheiratet, immer noch hinreißend romantisch. Sie hatten das, wonach sie sich immer gesehnt hatte: einen Partner, mit dem sie zusammenarbeiten konnte und dem sie trotzdem hoffnungslos verfallen und in den sie verliebt war. Sie hatte es genossen, Denver heute Abend zu küssen, auch wenn es nur auf die Wange gewesen war. Seine Haut war warm gewesen und sie hatte einen Hauch seines Aftershaves wahrgenommen. Es hatte sich so einfach, natürlich und aufregend angefühlt, so zu tun, als gehöre er ihr. Die ganze Zeit, als er sein Knie gegen ihres gedrückt hatte, wollte sie ihre Hand auf seinen Oberschenkel legen, aber sie hatte dem Drang widerstanden.

»Hier.« Denver setzte sich zu ihr an den Tisch und stellte ein Glas vor sie.

»Was ist das?« Sie nahm einen Schluck.

»Ein Preiselbeere-Mimosa.«

»Oh, ich wollte schon immer mal einen probieren.« Sie nahm noch einen Schluck. »Junge, das ist aber ein starker Champagner.«

»Zu stark?« Denver beugte sich vor. »Ich kann dir etwas anderes besorgen.«

»Nein, nein, schon gut.« Sie konnte einen starken Drink gebrauchen, um sich ein wenig zu entspannen. Das Abendessen war einfacher abgelaufen, als erwartet, aber sie war immer noch nervös. Denver hatte über seine Hotelpläne sprechen können, aber jetzt waren sie in einer Umgebung, die ihre Romanze zur Schau stellen sollte, und sie war sich nicht sicher, ob sie bereit war, ihre Rolle in jeder Hinsicht zu spielen. Blair trank den Rest ihres Mimosas aus und stand auf, um sich einen neuen zu holen, aber Denver ergriff ihre Hand, als sie an seinem Stuhl vorbeiging.

»Du solltest langsamer trinken. Zu viele davon, und —«

»Und was?« Sie drehte sich zu ihm um, aber ihr

Absatz blieb an etwas hängen und sie fiel auf seinen Schoß. Er umfasste ihre Taille und hielt sie fest, während sie sich an sein Hemd klammerte.

»*Und* du wirst in meinen Schoß stolpern«, beendete Denver für sie, als er ihr Kinn ergriff und ihr Gesicht zu seinem neigte. »Sag bloß, du bist ein Leichtgewicht?«

»Bin ich nicht.« Sie drückte auf seine Brust, um sich von ihm zu lösen, aber sein Griff wurde hart.

»Sie sehen zu. Bleib hier«, murmelte er, bevor er ihr Gesicht zu seinem zog.

Blairs Herz pochte, als sie ihre Augen schloss und einen Kuss erwartete. Doch stattdessen strich er ihr das Haar aus dem Nacken, und sein Mund berührte die empfindliche Haut ihres Halses.

Denver Ramsey küsste ihren Hals, leckte und knabberte sich zu ihrem Ohr hinauf. *Oh Gott, nicht diese Stelle.* Scharfer Hunger traf ihren Schoß, und Nässe überflutete sie. Sie presste ihre Schenkel zusammen und unterdrückte ein Wimmern sexueller Bedürfnisse, das so stark war, dass es immer noch als ein brummendes Geräusch durch ihren Mund entwich. In diesem Moment konnte sie nicht über die Berührung seiner Lippen mit ihrer Haut hinaus denken. Es gab nur ihn – und seinen verruchten Mund und seine Hand, die ihren Schenkel hinaufglitt, unter ihr Kleid.

Sie zuckte zusammen, als er zum ersten Mal mit den Fingerspitzen über ihren Schamhügel strich. Ihr Höschen schien kein wirkliches Hindernis für ihn zu sein, als er sie streichelte. Er biss ihr ins Ohrläppchen, als er begann, ihr Höschen beiseitezuschieben. Ihre Beine wurden schwach und öffneten sich für ihn.

Plötzlich schrie ein Mädchen, gefolgt von einem lauten Platschen. Das Wasser im Pool explodierte um sie herum. Denver zog sie mit einem Ruck näher an sich heran, als wolle er sie beschützen. Blair rang nach Luft, obwohl sie keinen Grund hatte, atemlos zu sein. War das gerade passiert? Sie blinzelte, um ihre Benommenheit zu vertreiben, und fand die Quelle der Ablenkung. Ein junger Mann hatte seine Freundin in den Pool gestoßen. Die Frau kam prustend und spritzend mit einem Schrei wieder hoch, aber sie lächelte.

Denver drückte Blair fester an sich und hielt sie eng an seinen Schoß gekuschelt. Sie fühlte sich begehrt, gewollt und beschützt, während er sie festhielt. Es war alles Teil der Fantasie, des Spiels, und Blair konnte nicht anders, als es zu genießen.

»Ihr zwei müsst auch tanzen«, rief Anne ihnen vom Rand der Tanzfläche aus zu.

»Anne ruft nach uns«, sagte sie zu Denver.

»Dann müssen wir gehen.« Er half ihr von seinem Schoß und sie hielt ihm die Hand hin. Er sah sie fragend an und Blair schenkte ihm ein ermutigendes Lächeln. Schließlich legte er seine Hand in ihre, und sie machten sich auf den Weg zur Tanzfläche.

»Nur um dich vorzuwarnen, ich bin eine schreckliche Tänzerin.« Sie grinste, als er sie herumwirbelte und in seine Arme nahm.

»Oh?« Er drehte sie noch einmal und fing sie auf, als sie beinahe gestolpert wäre. Sie fiel gegen ihn und er schlang seine Arme um ihre Taille.

»Ja, bei dieser Art von Tanz habe ich zwei linke Füße«, gab sie zu. »Das heißt, deine Zehen sind in Gefahr.«

»Nun, du musst nur deine Hüften benutzen und mir folgen.« Er ließ seine Hüften kreisen, und sie wehrte sich nicht dagegen, sondern tat ihr Bestes, um sich auf seine Bewegungen einzulassen.

Sie hatte sich immer zu sehr unter Kontrolle, um loszulassen und zu tanzen. Das und ihre inhärente Sinnlichkeit, die beim Tanzen nie so aufgeblüht war wie bei anderen Mädchen im Highschool-Alter. Sie hatte in der Mittelschule geturnt und konnte tanzen, aber nicht so. Denvers Bewegungen waren so fließend wie das Meer, und so überließ sie ihm die Kontrolle.

Die Musik dröhnte und wurde immer lauter, während der DJ den Beat aufdrehte. Lichter blitzten in einem Wirbel um sie herum. Sie sah in Denvers Gesicht, während sich die farbigen Lichter über ihre Körper bewegten. Im Halbdunkel fühlte es sich weniger gefährlich an, ihn so zu wollen, wie sie es tat. Als wäre die heutige Nacht ein Traum, der sie bei Tagesanbruch verlassen würde. Sie wollte nichts davon verpassen.

Sie schlang ihre Arme um seinen Hals und er senkte seinen Kopf, bis sich ihre Stirnen berührten. Sie waren zwei Körper, die sich wie ein einziger bewegten. Nichts existierte außerhalb dieses Augenblicks. Zum ersten Mal in ihrem Leben fühlte sie sich frei, frei in den Armen von jemandem, der allen Grund hatte, sie zu hassen. Aber in diesem Moment waren sie sich vereint und taten so, als wären sie wahnsinnig verliebt. Das war doch etwas, oder?

―――――

NACH EINER WEILE VERLIESSEN SIE DIE TANZFLÄCHE UND Denver ließ Blair allein, um zwei Becher Wasser zu holen. Auch Jack und Anne machten eine Pause vom Tanzen. Jack schloss sich Denver bei der Suche nach Getränken an und ließ die Damen sich an einem der Tische hinter der Tanzfläche ausruhen. Als sie die überfüllte Bar erreichten, stellten sich die beiden Männer in einer Reihe an.

»Und, gefällt es Ihnen auf der Insel?«, fragte Denver Jack.

Jack schenkte ihm ein Lächeln. »Ziemlich gut. Anne und ich haben seit etwa einem Jahr keinen richtigen Urlaub mehr gemacht, also genießen wir das hier, solange wir können.«

»Gut. Dafür ist die Insel da – um loszulassen und zu leben.«

»Apropos leben, Anne hat gehört, dass Sie ganzjährig im Resort wohnen?«

»Das stimmt«, sagte Denver. Sobald das Resort gebaut worden war, war er dort eingezogen. Das Bedürfnis, sich von seiner Vergangenheit zu lösen, war überwältigend gewesen. Er hatte es gerade so durch das College und die Graduiertenschule geschafft, bevor er nahezu auf die Inseln geflohen war.

»Sie sollten wissen, dass ich Blair recherchiert habe, nachdem wir sie heute Abend getroffen haben«, gab Jack zu.

»Das dachte ich mir schon. Und?« Denver blieb ruhig und wartete ab, was Jack sagen würde.

»Ich gebe zu, ich war schockiert, als ich herausfand, wer sie ist – oder besser gesagt, wer ihr Vater ist.«

Da war er, der Tiger im Zimmer, wie Blair ihn genannt hatte.

»Als ich sie auf einer Konferenz in Chicago traf, wusste ich nicht, wer sie war. Und als ich es herausfand, war es schon zu spät. Ich war bereits dabei, mich in sie zu verlieben.« Die Lüge ging ihm viel zu leicht von der Zunge.

»Das sagt viel über Sie aus.« Jacks Gesicht war ernst.

»Tut es das?«

»Es beweist, dass Sie nicht zulassen, dass ein Kind unter den Sünden seines Vaters leidet. Blair Ashworth hat einen ausgezeichneten Ruf als harte Arbeiterin. Anne und ich wollten sie eigentlich in ein paar

Monaten anrufen, damit sie die Kampagne für eine unserer anderen Investitionen erstellt. Ihr Name wurde auf ein paar unserer Meetings erwähnt. Bis heute Abend war mir nicht bewusst, dass Paul Ashworth ihr Vater ist.«

Denver war leicht schockiert, aber er hatte seine Reaktionen unter Kontrolle, sodass er sich nichts anmerken ließ.

»Was halten Sie von ihrem Onkel?« Denver behielt einen lockeren Tonfall, als sie in der Schlange für die Getränke weiter nach vorn rückten. »Hätten Sie Probleme, mit ihm zu arbeiten?«

»Er ist eine Schlange, wir würden nicht mit ihm arbeiten. Nach allem, was man hört, steht Blair ihrem Onkel nicht sehr nahe, aber ich nehme an, Sie wissen das besser als ich.«

»Sie erwähnt ihn selten.« Denver trat an die Bar, als sich die Schlange wieder bewegte. Er bat den Barkeeper um ein paar Gläser Wasser.

»Wird sie hierherziehen, um bei Ihnen zu leben? Oder werden Sie mit ihr zurück nach Chicago ziehen?«

»Wir ... wir haben uns noch nicht entschieden. Ich denke, wir werden dieses Gespräch führen, sobald wir uns verlobt haben.«

Jack gluckste. »Sie sollten dieses Gespräch lieber führen, *bevor* Sie Ihr einen Antrag machen. Glauben Sie mir. Entscheidungen wie diese müssen besprochen werden, bevor man sich bindet.«

Denver warf einen Blick auf den entfernten Tisch, an dem Anne und Blair lachten. Blair sah heute Abend umwerfend aus. Dieses Spiel wurde immer schwieriger, weil er allzu schnell vergaß, dass es ein Spiel *war*.

»Sie sehen glücklich zusammen aus. Ich gebe zu, das hätte ich nicht erwartet.« Jack warf Denver einen durchtriebenen Blick zu. »Ich habe Anne gesagt, dass ich überzeugt war, dass Sie mir nur vormachen, in einer Beziehung zu sein, aber nach heute Abend ist klar, dass Sie und Blair wirklich ein Paar sind. Sie können kaum die Hände voneinander lassen. Ich habe mich wieder jung gefühlt, als ich Sie beobachtet habe, und es hat mich daran erinnert, dass Anne und ich unseren Funken nie verloren haben.« Sein Blick wurde unendlich zärtlich, als er zu seiner Frau in der Ferne blickte.

»Blair und ich, wir sind definitiv noch in der Lustphase«, antwortete Denver, wobei er das Wort *Liebe* sorgfältig vermied.

»Es ist mehr als Lust. Wenn sie Sie ansieht, ist es, als wären Sie auf dem Mond gelandet und hätten ihren Namen in den Mondstaub geritzt. Sie sieht Sie an, als wären Sie ein Held. Glauben Sie mir, ich erkenne diesen Blick, wenn ich ihn sehe. So sehe ich auch jeden Morgen aus, wenn ich neben meiner Frau im Bett aufwache. Als wäre ich der verdammt glücklichste Mann auf dem Planeten, nur weil ich mit ihr zusammen bin.«

In Denvers Brust regte sich ein Flattern, das ihn

verunsicherte. Blair musste das vortäuschen, es war unmöglich, dass sie etwas Romantisches für ihn empfand. Sicher, sie begehrte ihn, und er begehrte sie, aber das war *nur* körperlich. Darauf hätte er sein Leben verwettet.

»Nun, wir wollen die Damen nicht warten lassen«, sagte Jack.

———

»Ihr Schuh steckte zwischen dem Boden und dem Aufzug fest?« Anne konnte ihr Lachen nicht unterdrücken.

»Ja!« Blair konnte selbst nicht aufhören, zu kichern. »Ich hätte fast den Absatz abgebrochen. Es war auch noch mein teuerstes Paar Jimmy Choos.«

»Natürlich, so ist das immer.« Anne wischte sich eine Träne aus dem Auge, immer noch kichernd. »Was ist dann passiert?«

»Nun, wir hatten uns *höflich ignoriert*, wie man das in Aufzügen so macht, aber ich kämpfte mit meinem Schuh, und er kam mir zu Hilfe. Aber gerade als er meinen Schuh rettete, schlossen sich die Fahrstuhltüren. Er trug einen wunderschönen hellgrauen Anzug und die Türen hinterließen schreckliche Fettflecken darauf. Ich fühlte mich so schlecht. Ich sagte ihm, dass ich die Kosten für die Reinigung des Hotels übernehmen wollte, auch er sich dagegen wehrte. Ich nahm ihn mit auf mein Zimmer, und so kam eins zum anderen.« Blair errötete, die Erinnerung an Denvers vorgetäuschte Kennenlern-Geschichte war für sie jetzt fast real.

»Ich wette, das hat es.« Anne seufzte verträumt. »So wie er Sie ansieht, selbst jetzt, ist es, als wolle er Sie *verschlingen*. Die Art und Weise, wie er Sie ansieht, hat eine fast beängstigende Intensität«, fügte Anne nachdenklich hinzu. »Es erinnert mich an Jack, als wir uns zum ersten Mal trafen.«

»Wirklich?« Blair konnte ihre Überraschung nicht verbergen.

»Ja! Haben Sie das nicht bemerkt? Sehen Sie ihn sich an. Er macht es gerade.«

Blair warf einen vorsichtigen Blick über ihre Schulter zur Bar. Anne hatte recht. Denver starrte sie an, sein Blick war viel zu intensiv. Es sah so aus, als wolle er sie mit sich fortreißen, sie an die nächstbeste ebene Fläche nageln und sich in sie rammen. Sie hätte sich nicht dagegen gewehrt, wenn er es getan hätte.

»Das ist ein Mann, der nicht nur verliebt, sondern *besessen ist*.« Anne lächelte. »Sie haben ihn süchtig gemacht.«

Blair lächelte und tat so, als sei sie zufrieden, aber innerlich zitterte sie vor Nervosität. Anne hatte keine Ahnung, dass Denvers Besessenheit keine Liebe, sondern Abscheu war.

»Ja, ich bin wirklich glücklich«, presste Blair hervor.

Sie war erleichtert, als die beiden Männer mit den Getränken an den Tisch zurückkehrten. Denver ließ sich sanft auf den Platz neben ihr gleiten und stellte ein Glas Wasser vor sie hin.

»Danke.« Sie streichelte seinen Arm, bevor sie das Glas in die Hand nahm und einen großen Schluck nahm.

»Gern geschehen, Süße.« Denver legte lässig einen Arm um ihre Taille und drückte sie leicht.

Die vier sahen den Tänzern zu und lauschten noch eine Viertelstunde lang der Musik, bevor Anne ankündigte, dass sie bereit sei, ins Resort zurückzugehen.

Nachdem Denver vor dem Seven Seas angehalten und seine Schlüssel dem Parkservice übergeben hatte, verabschiedeten er und Blair sich von den Hudsons. Sie standen zusammen, Denvers Arm um Blairs Taille, Blair lehnte ihren Kopf an Denvers Schulter, das Bild eines liebenden Paares, während sie darauf warteten, dass Anne und Jack aus dem Blickfeld verschwanden.

»Was glaubst du, wie es gelaufen ist?«, fragte sie Denver leise.

Er bewegte sich und ließ ihre Taille los, aber sie zog sich nicht zurück. Es war viel zu angenehm, sich so an ihn zu lehnen. Er war fest, warm und männlich – alles Dinge, an die sie sich in diesem Moment klammern wollte.

»Ich glaube, sie haben es uns abgenommen.«

»Nun, ich sollte zurück in meinen Bungalow

gehen.« Blair vergewisserte sich noch einmal, dass sie ihre Handtasche hatte. Sie war so sehr mit ihrer Scharade beschäftigt gewesen, dass sie nicht überrascht gewesen wäre, wenn sie ihre Handtasche auf dem Tisch vergessen hätte.

»Lass mich dich begleiten.« Denver blieb an ihrer Seite, als sie die Lobby verließen.

»Das musst du nicht. Dein Resort ist unglaublich sicher.«

»Tu mir den Gefallen«, sagte Denver und sein Tonfall ließ keinen Widerspruch zu.

Sie gingen schweigend weiter, die einzigen Geräusche waren das Flüstern des Windes in den Palmen und das ferne Rauschen der Wellen. Als sie zu ihrem Bungalow kamen, drehte sie sich zu ihm um.

»Also ... wie sieht der Plan für morgen aus?«

»Jack und Anne werden eine richtige Führung durch das Resort bekommen und sehen, wie ich es leite. Wenn es dir nichts ausmacht, uns wieder zum Abendessen zu treffen, sollte das die einzige Zeit sein, in der ich dich brauche.«

Beinahe wäre sie bei der Schroffheit seiner Worte zusammengezuckt, aber sie erinnerte sich daran, dass sie genau dem zugestimmt hatte. Dass alles heute Abend nur ein Spiel gewesen war und dass sie an ihrer Kampagne arbeiten musste, wenn sie ihn dazu bringen wollte, sie ernst zu nehmen.

»Oh, gut. Ich habe mir überlegt, das Resort auf

eigene Faust zu erkunden und ein paar Fotos zu machen. Ich habe einige Ideen für die Kampagne, und das wird mir etwas Zeit geben, die Dinge zu überarbeiten. Gibt es auf der Insel eine professionelle Druckerei? Ich möchte die Prospekte und Broschüren überarbeiten lassen und brauche eine Druckerei.«

»Es gibt eine. Ich schicke dir die Informationen per SMS, und du kannst dir vom Parkservice mein Auto geben lassen, wenn du es benötigst.«

»Danke, Denver.« Sie wollte sich an ihn lehnen, ihn ein letztes Mal berühren, bevor sie allein ins Bett ging, aber das würde er nicht wollen. Blair war sich sicher, dass sie gerade dabei war, einen Hauch von Vertrauen bei ihm zu gewinnen, und das wollte sie nicht aufs Spiel setzen. Sie drehte sich um und ging auf die Tür ihres Bungalows zu. Sie hielt inne, als sie ihn sprechen hörte, und konnte nicht anders, als über seine Worte zu lächeln.

»Gute Nacht, Blair.«

7

»Das gefällt mir nicht«, murmelte Denver, als er und Simon in seinem Büro standen und auf den Fünfundsiebzig-Zoll-Fernsehbildschirm an der Wand gegenüber seinem Schreibtisch sahen.

Ein gewaltiger Tropensturm wirbelte auf dem Atlantik südlich der Bahamas. Denver holte die Fernbedienung des Fernsehers von seinem Schreibtisch und stellte den Ton lauter, als ein Meteorologe auf dem Bildschirm erschien und zu sprechen begann.

»Wir verfolgen die Entwicklung dieses neuen tropischen Sturms. Wir haben die Nachricht erhalten, dass er vom National Hurricane Center nach den strengen Verfahren der World Meteorological Organization einen Namen erhalten hat. Der Sturm heißt jetzt Tropensturm Blair. Wenn Sie sich an der Südostküste der Vereinigten Staaten oder in der Karibik aufhalten, halten Sie sich bitte über Ihren lokalen Nachrichtensender auf dem Laufenden.«

»Blair.« Simon verschluckte sich an dem Wort und versuchte offensichtlich, nicht zu lachen. »Das ist ironisch.«

Denver starrte auf den Sturm, der direkt auf seine Insel zusteuerte. »An manchen Tagen habe ich das Gefühl, dass das Universum mich verhöhnt.«

Simon klopfte ihm auf die Schulter. »Blair kann nicht so schlecht sein. Ich habe heute Morgen Mr. und Mrs. Hudson auf dem Weg vom Strand getroffen, und sie haben sie in den höchsten Tönen gelobt. Sie denken, sie ist süß und charmant. Alles entwickelt sich genauso, wie du es dir gewünscht hast.«

Denver wünschte sich vieles: Blair auf dem Rücken, nackt unter ihm, stand ganz oben auf der Liste, aber dazu würde er es nicht kommen lassen. Simon hatte allerdings recht. Sie hatte sich bis jetzt gut geschlagen und die Hudsons für sich gewonnen. Sie mussten nur noch ein paar Tage durchhalten, dann würde er den Vertrag für das Bali-Hotel besiegeln.

»Um wie viel Uhr triffst du dich mit den Hudsons?«, fragte Simon.

Denver sah auf seine Uhr. »In ein paar Minuten. Hältst du mich auf dem Laufenden ob des Sturms? Wenn wir evakuieren müssen, möchte ich, dass alle Gäste bereit sind. Selbst wenn es sich nur um einen schweren Sturm handelt, möchte ich, dass alle Orkanfenster in den Bungalows aktiviert und die Gäste im Hauptgebäude in Sicherheit gebracht werden. Wir werden alles servieren, was Christian kochen kann, Filme im Kino laufen lassen und Spiele und Getränke in den Lounges anbieten.«

Das Seven Seas war perfekt auf einen Sturm vorbereitet und er war stolz darauf, dass sein Resort zu den sichersten in der Karibik gehörte. Dank einer unterschriebenen Einverständniserklärung konnten seine Mitarbeiter die Gäste auf dem Gelände anhand ihrer elektronischen Armbänder verfolgen. Während eines gefährlichen Sturms musste jeder Gast erfasst werden. Sturmfluten konnten die Menschen unvorbereitet treffen und sie von den Füßen fegen, und er wollte nicht, dass jemand verletzt oder gar getötet wurde.

»Ich behalte die Wettervorhersage im Auge. Vor September, Oktober gibt es normalerweise keine schweren Stürme. Vielleicht haben wir ja Glück«, erinnerte Simon ihn.

»Das hoffe ich doch.« Denver zog sein Sakko aus und hing es über die Rückenlehne seines Schreibtischstuhls, bevor er sein Büro verließ, um sich mit den Hudsons zu treffen.

Jack und Anne waren in der Lobby und blickten beide auf Annes Telefon, als er zu ihnen stieß.

»Tropensturm Blair, was? Weiß Blair, dass man Stürme nach ihr benennt?« Jacks Tonfall war scherzhaft, aber Denver entging nicht die Besorgnis in den Augen des Mannes.

»Ich denke nicht.« Denver zwang sich zu einem Lächeln. »Sie wird amüsiert sein. Keine Sorge, wir haben hier alles unter Kontrolle.«

»Ist es sicher, das Gelände zu besichtigen?«, fragte Anne.

Der Wind hatte etwas zugenommen und der Himmel war unruhig, aber der Regen hatte noch nicht eingesetzt, und er konnte ihn noch nicht riechen.

»Im Moment ja«, versicherte Denver ihr. »Simon beobachtet das Wetterradar. Ich erkläre Ihnen unterwegs, was wir bei einem Sturm zu beachten haben.«

Denver nahm sie die nächsten zwei Stunden mit auf eine Tour und erklärte ihnen alle Strukturen und Annehmlichkeiten, die derzeit im Seven Seas angeboten wurden und die er auch im Atlantis Rising anbieten wollte, sowie die neuen Dienstleistungen, die er in dem Hotel auf Bali hinzufügen wollte, um es für die Gäste zu einem einzigartigen Erlebnis zu machen.

Jedes Mal, wenn sie ein Gebäude verließen und ins Freie traten, atmete er sofort einen Lungenzug Seeluft ein und studierte den sich verdunkelnden Himmel. Da er das Meer inzwischen gut einschätzen konnte, ging er davon aus, dass der Tropensturm in weniger als zwei Stunden da sein würde.

Sein Handy surrte und er zog es aus der Tasche. Simons Name blinkte auf dem Bildschirm.

»Was gibt's Neues, Simon?«, fragte er, als er ein paar Schritte von Jack und Anne wegging.

»Ich schalte die Sirenen ein. Wir rufen jetzt alle Gäste in die Hauptlodge. Wo seid ihr?«

»Wir sind an den Docks.« Denver hatte ihnen den privaten Bootsanleger gezeigt, an dem die Ausflugsboote anlegten, um die Leute zum Tauchen, Schnorcheln, Jetski oder Parasailing zu bringen.

»Gut, dann kommt besser jetzt zurück. Der Sturm zieht schneller als vorhergesagt nach Nordwesten, und wir haben nicht viel Zeit«, warnte Simon.

»Wir sind schon unterwegs.« Er wollte den Hörer auflegen, doch dann überkam ihn ein ungutes Gefühl. »Simon, wo ist Blair?«

»Ich bin mir nicht sicher. Wir wollten uns heute Morgen treffen, aber dann rief sie an und sagte, sie wolle erst Fotos machen und würde mich heute Nachmittag zurückrufen.«

Denver suchte den Horizont ab, als die Sturmsirenen des Resorts zu heulen begannen.

»Verfolge ihr Armband und rufe mich zurück, wenn du weißt, wo sie ist.«

»Das werde ich«, versprach Simon, bevor er auflegte.

Denver kehrte zu den Hudsons zurück. »Wir müssen zur Hauptlodge zurückkehren. Es wird sicherlich alles gut gehen, aber wir werden die nächsten

Stunden damit verbringen, den Sturm in der Sicherheit des Gebäudes abzuwarten.«

»Ist Blair in Sicherheit?«, fragte Jack.

»Ich weiß es nicht. Sie hat sich noch nicht in der Hauptlodge gemeldet. Ich muss sie suchen, aber zuerst muss ich Sie beide zurückbringen.«

»Denver, wir kommen schon klar. Gehen Sie und finden Sie Blair.« Annes Tonfall war sanft und voller Sorge.

»Sind Sie sicher?«

»Gehen Sie«, wiederholte Jack die Worte seiner Frau.

Denver machte sich auf den Weg zum Bungalow Sirene. Die anderen kleinen Wohneinheiten in der Nautilus-Anlage waren dunkel. Ihre schützenden Fenstergitter waren alle automatisch heruntergelassen worden, als Simon den Tropensturmalarm ausgelöst hatte. Das war eines der vielen Dinge, auf die Denver beim Bau der Anlage bestanden hatte. Er wollte, dass die Hauptlodge groß genug war, um alle Gäste zu beherbergen und zu unterhalten, und er wollte, dass alle Fenster der Gebäude ferngesteuert werden konnten, sodass sie sich mit Sturmschilden abdecken konnten, um so viel Schaden wie möglich zu verhindern. In den wenigen Jahren, in denen es das Resort gab, war dies erst das zweite Mal, dass sie sie benutzen mussten. Beim ersten Mal hatte er sich nicht solche Sorgen gemacht wie jetzt.

Er joggte die Treppe hinauf und hämmerte mit der Faust gegen Blairs Tür. Hinter ihm hatte der Wind zugenommen und das normalerweise sanfte Rauschen des Meeres war wütend geworden.

»Blair!«, rief er und hämmerte erneut an die Tür. Keiner antwortete. »Verdammt!« Gerade als er sich umdrehte und die Treppe wieder hinunterlief, klingelte sein Telefon.

»Simon, sag mir, wo sie ist.« Er lief schneller, aber seine Beine brannten darauf, loszurennen.

»Am nördlichen Dock, ganz am Ende des Resorts. Sie ist direkt am Wasser.«

Simons Worte versetzten Denver in pure Urangst. Direkt am Wasser war der denkbar schlechteste Ort für sie. Sie könnte von den Füßen gerissen und aufs Meer hinausgezogen werden, oder sie könnte unter Trümmern eingeklemmt werden, oder sie könnte fallen und sich den Kopf aufschlagen. All seine Gedanken drehten sich um die Angst, sie zu verlieren.

Er steckte sein Handy in die Hosentasche und lief den Weg entlang, der ihn zum nördlichen Dock führen würde. Der Sturm legte jetzt zu. Die Palmen bogen sich bedrohlich, während die Wellen am Strand vorbei und über die Gehwege in der Nähe des Wassers schwappten.

Wo zum Teufel bist du, Blair?

Er entdeckte sie in dem Moment, als eine Welle sie mit dem Gesicht nach unten auf den Gehweg warf. Sie rutschte ein gefährliches Stück, als der Sog des sich zurückziehenden Wassers versuchte, sie in Richtung Meer zu ziehen. Für einen kurzen Moment sah er die Angst in ihrem Gesicht – ein Ausdruck animalischen Grauens, als wüsste sie, dass die Natur den Kampf gewinnen und sie es nicht schaffen würde – aber die Natur konnte *ihn* nicht aufhalten, nicht heute.

Denver erreichte sie gerade noch, bevor eine weitere Welle sie überrollt hätte.

Er packte sie an der Taille, zog sie in seine Arme und hielt sie fest. Sie war eiskalt, ihre Glieder waren steif und zitterten, als er sie ein Stück aus der Reichweite des Wassers trug.

»Kannst du laufen?«, rief er über den heulenden Wind hinweg.

»J–ja ... ich glaube schon.« Ihre Zähne klapperten.

»Lass mich dir helfen.« Er griff wieder nach ihrer Taille und drückte sie an seine Seite.

Sie hob den Kopf und blickte überrascht zu ihm auf. Ihre braunen Augen waren weit aufgerissen und vor Angst und Verwirrung benommen. Sie sah so jung, so unschuldig, so verängstigt aus, dass jeder Beschützerinstinkt in ihm erwachte.

In diesem Moment spielte es keine Rolle, dass sie die Tochter seines meistgehassten Feindes war. Alles, was zählte, war *sie* und dass sie vor seiner anderen Liebe, dem Meer, sicher war.

»Nur noch ein Stückchen weiter«, versicherte

Denver ihr, als sie den Gehweg hinunter zum Eingang der privaten Luxusappartements des Seven Seas Beach Club liefen. Das Wasser überschwemmte den Gehweg und er stützte sie, um sie auf den Füßen zu halten, sollte sie wieder umfallen. Die Türen öffneten sich und zwei Angestellte des Resorts in Regenkleidung eilten heraus, um ihnen zu helfen.

»Geht es Ihnen gut, Sir?«, fragte einer der Männer Denver, während er ihm ein kleines Handtuch reichte.

»Ja, danke. Sind alle Gäste in Sicherheit?«

»Ja, Sir. Alle sind in Sicherheit und haben sich gemeldet. Wir haben den Hurrikanschutzplan umgesetzt. Die Unterkünfte sind ebenfalls alle gesichert. Der National Weather Service hat den Sturm bereits auf eine Kategorie eins herabgestuft – in ein paar Stunden sollte der Himmel wieder klar sein.«

Denver hielt Blair immer noch fest im Arm, aber sie zitterte, als sich die Kälte des eisigen Ozeans in ihren Knochen festsetzte. Als er ihr Zittern bemerkte, sah er an ihr herab und trocknete mit dem Handtuch ihr Gesicht und so viel von ihr ab, wie er konnte, bevor das Handtuch durchnässt war.

»Miss Ashworth und ich werden in meinem Apartment sein. Rufen Sie mich, wenn Sie mich brauchen.« Er reichte das Handtuch an den Angestellten zurück.

»Ja, Sir.« Der Mann kehrte zur Rezeption zurück.

Denver führte Blair einen privaten Flur entlang zu seinen Wohnräumen. Er hatte noch nie eine Frau hierher gebracht. Keine der romantischen Begegnungen, die er gehabt hatte, war bedeutungsvoll genug gewesen, dass er sie in die Heiligkeit seiner eigenen Räume gelassen hätte. Aber Blair war anders und er musste sich um sie kümmern, und der beste Ort dafür war in seiner privaten Welt.

Denver löste seinen Griff um ihre Taille und hob sein Handgelenk mit dem Metallband, um seine Tür zu öffnen. Dann trat er aus dem Weg und ließ sie an sich vorbeigehen.

Als sie sicher in seiner Wohnung war, schloss er die Tür und nickte ihr zu, damit sie das Wohnzimmer betreten konnte.

»Setze dich.« Er blieb sanft, denn er wusste, dass sie immer noch unter Schock stand und dass das Adrenalin bald nachlassen und sie die Kontrolle über alles verlieren würde, insbesondere über die Reaktionen ihres eigenen Körpers. Es war besser, wenn sie sich hinsetzte und ihren Körper den Adrenalinstoß verarbeiten ließ.

Denver ging den Flur hinunter und holte zwei seiner dicksten, weichsten Handtücher sowie den Erste-Hilfe-Kasten, bevor er ins Wohnzimmer zurückkehrte. Als er zurückkam, hockte Blair auf der Kante eines der Sessel und sah zu verführerisch aus, wie eine regennasse Sirene, der gerade Beine geschenkt worden waren. Und was für Beine das waren ...

Hastig trocknete er sich ab, bevor er ihr das andere

Handtuch reichte. Während sie sich abtrocknete, schob er einen anderen Sessel vor den, auf dem sie saß, und stellte den Erste-Hilfe-Kasten daneben.

»Zeig mir deine Knie.« Er deutete auf ihre Beine. Sie war böse gestürzt, bevor er zu ihr gelangen konnte, und er wollte, dass alle Schrammen, die sie hatte, gesäubert und verbunden wurden.

Blair zuckte zusammen, als sie das Kleid bis über die Knie hochzog, und er begann, das Blut von ihren Wunden zu entfernen. Die antiseptischen Tücher brannten sicherlich, aber sie biss sich auf die Lippe und gab keinen Laut von sich, um ihren Schmerz zu zeigen. Aus irgendeinem Grund machte ihn das wütend. Er wollte, dass sie sich bei ihm sicher fühlte, und wenn sie ihre Schmerzen verbarg, war das nicht der Fall.

»Wo wolltest du hin? Hast du die Sturmsirene nicht gehört?« Es überraschte ihn selbst, dass er nicht schrie, obwohl er wütend war, dass sie sich Gefahr begeben hatte. Er konzentrierte sich auf ihre Wunden und verband sie mit atmungsaktiven Pflastern, die den Heilungsprozess unterstützen würden.

»Ich war auf der Suche nach dem besten Ort, um Fotos für die Anpassungen an die Kampagne zu machen.«

»Sie sind es nicht wert, deswegen zu sterben.« Schließlich sah er ihr in die Augen, aber alles, was er sehen konnte, war, wie sie auf das Meer hinaus gesogen wurde und ertrank.

»Das könnten sie sein, denn mein Job hängt davon ab.« Ihr verzweifelter Tonfall ließ ihn Mitleid mit ihr haben, was er hasste.

»Ich habe nicht einmal zugestimmt, mit dir zu arbeiten«, erinnerte er sie. »Unsere Abmachung beinhaltete nur, dass ich es mir ernsthaft überlege.«

»Das liegt daran, dass du meine Kampagne nicht gesehen hast.«

»Keine Chance«, schnauzte Denver und unterbrach sie. Er milderte seinen Tonfall und fuhr fort. »Es gibt nichts, was du mir zeigen könntest, um meine Meinung zu ändern.« Er konnte nicht aufhören, finster dreinzusehen, und sein Stirnrunzeln vertiefte sich noch, als er das gefährliche Aufflackern ihrer Augen sah. Wie konnte sie ihn auch nur ein bisschen attraktiv finden, wenn er sich wie ein Arschloch aufführte?

»Nichts?«, fragte sie.

Dieses eine Wort weckte in ihm zu viele böse Gedanken, die ihn zu einem Mann der schlimmsten Sorte machten. Er respektierte Frauen, und er war immer ein Gentleman. Bei Blair war es, als hätte sie einen rachsüchtigen Bastard in ihm geweckt. Wie sonst sollte er erklären, was er von ihr wollte, was er mit ihr machen wollte?

Sein Körper war starr, während er regungslos verharrte und seine Augen auf ihre gerichtet waren. »Wie ich dir bereits sagte, gibt es nur eine Sache, die ich wirklich von dir will, und wir beide wissen, dass das eine schreckliche Idee wäre.«

Sie wusste, was er wollte. Wie könnte sie auch nicht?

»Ein schrecklicher Fehler.« Ihre atemlose Zustimmung lenkte seinen Blick auf ihre Lippen. Sie waren weder zu prall noch zu dünn – einfach schön, verführerisch, fickbar.

Er konnte es nicht lassen, sie zu berühren, und fasste ihr in den Nacken, wobei er sie mit einer so kleinen Berührung beherrschte, ohne sie zu verletzen.

»Aber vielleicht ändert dieser eine kleine Fehler auch nichts«, überlegte er laut. Vielleicht konnte er sich nehmen, was er wollte, konnte diese kleine Sirene betten, bis ihr Gesang ihn nicht mehr zu zerstören drohte.

Sie leckte sich über die Lippen, beugte sich ein wenig vor, anstatt sich zu entfernen, und das lüsterne Raubtier in ihm übernahm die Kontrolle. Er beugte sich ebenfalls vor und presste seinen Mund auf den ihren, entließ all sein aufgestautes Verlangen und zwang ihre erschrockenen Lippen auseinander, bevor er seine Zunge in die Höhle ihres Mundes eintauchte.

Blair schmeckte süß, und mit nur einem Kuss wusste er, dass es nicht bei *einem* Fehler bleiben würde. Es würde Dutzende geben – die ganze Nacht, in jeder Position, auf jeder Oberfläche ...

Er unterbrach den Kuss gerade so weit, dass er sie

finster angrinste. Als sie zitterte, entfaltete das dunkle Monster in ihm seine Flügel und ergriff die Flucht. Ein Aufblitzen von etwas, vielleicht verzweifeltem Hunger, leuchtete in ihren Augen auf, bevor sie es vor ihm verbarg, und er wollte im Triumph brüllen. Blair wollte ihn, die Wut und alles andere, und sie würde ihn bekommen. Er würde sie dazu bringen, zu stöhnen und das Bettzeug mit ihren Nägeln zu zerfetzen und nach Gnade zu schreien, nach *mehr*.

Denver hatte es satt, nett zu sein.

Er hob sie in seine Arme, bevor er es sich noch einmal überlegen konnte. Er trug sie den Flur hinunter in sein Schlafzimmer und knallte die Tür zu. Die automatischen Hurrikan-Rollläden hoben sich, da der Sturm abflaute. Das schwarze, schäumende Wasser des Ozeans passte zu seiner Stimmung, als er Blair auf die Beine stellte und sie gegen die geschlossene Tür drückte. Er küsste ihren Hals, biss und sog an ihrer Haut, fest entschlossen, überall Spuren seiner Eroberung zu hinterlassen. Er wollte sie beglücken, bis sie davon taub und blind wurde. Er wollte keine Gnade für sie.

Sie gab einen leisen Laut der berauschten Erregung von sich. Er packte ihr Kleid am Kragen und riss es ganz auf. Perlweiße Knöpfe verstreuten sich um ihn herum, aber das war ihm egal. Alles, was er sah, war die runde Perfektion ihrer Brüste, die in einem spitzen marineblauen BH steckten, wie zwei Opfergaben an einen Gott der Männlichkeit. Er zog die Körbchen nach unten und starrte in einem lustvollen Dunst auf zwei der schönsten Brüste, die er je gesehen hatte. Sie waren größer, als ihre Kleiderwahl vermuten ließ. Selbst der Bikini, den sie getragen hatte, hatte ihre Brüste nicht so gut zur Geltung gebracht.

»Wolltest du sie vor mir verstecken?«, knurrte er, während er eine Brust umfasste und in die Brustwarze der anderen kniff.

»Was? Nein ...« Ihr Protest erstarb auf ihren Lippen, als er seinen Kopf senkte und einen Nippel in seinen Mund nahm. Er knabberte daran und bearbeitete sie sanft mit seinem Mund, seinen Zähnen und seiner Zunge, bis er zu ihrer anderen Brust überging. Blair umklammerte seinen Kopf mit ihren Händen, ihre Finger fuhren durch sein Haar und zerrten immer wieder daran, während sie sich an der Tür rieb.

»Bitte, Denver«, bettelte Blair, was ihm gefiel. Er wollte, dass sie darum bettelte, um ihn, für den Rest seines Lebens. Ein Mann konnte sich an dem Gefühl berauschen, dass diese schöne, brillante Frau ihn mehr brauchte als ihren nächsten Atemzug.

»Zeig mir, wie sehr du mich brauchst«, befahl er und trat einen Schritt zurück. Das Monster hatte die volle Kontrolle, und es war ihm egal, es sei denn, sie sagte die Worte *Nein* oder *Stopp*. Dem Blick in ihren Augen nach zu urteilen, gehörten diese beiden Worte im Moment nicht zu ihrem Wortschatz.

Blair sank auf die Knie, entledigte sich ihres Kleids und spreizte ihre Beine ein wenig, damit er den Slip sehen konnte, den sie trug.

»Bitte«, flehte sie.

Er löste seinen Gürtel, zog ihn aus den Schlaufen und ließ ihn zu Boden fallen. Dann öffnete er den Reißverschluss seiner Hose und gab seinen Schaft frei. Er war hart genug, um Nägel in die Wand zu schlagen, aber alles, was er wollte, war, ihn in jedem Loch ihres Körpers zu versenken, das sie ihm gestattete. Sie öffnete ihre Lippen und leckte sie auf eine Weise, dass ihm fast die Augen aus dem Kopf fielen.

»Willst du es?«, fragte er.

Blair nickte und öffnete ihren Mund weiter. Denver griff nach seinem Schaft und führte ihn in ihren Mund. Die einhüllende feuchte Hitze, die er um sich herum spürte, war eine dunkle Euphorie. Er wollte brutal sein, ihren Mund ficken, aber er hielt sich zurück und ließ sie sich an seine Größe gewöhnen. Ihre Hände glitten seine Oberschenkel hinauf, ihre Nägel gruben sich in seine Haut, während er versuchte, in ihre Kehle zu stoßen.

»So ist es gut. Zeig mir, dass du ein böses Mädchen bist.« Er pumpte sich noch ein halbes Dutzend Mal in sie hinein, bevor er sich zurückzog und sie auf die Beine zog. Einen Augenblick später hatte er sie über sein Bett gebeugt und hielt sie in einer verletzlichen Position.

»Sag mir, dass du verdient hast, hart und grob genommen zu werden.« Er hielt sie im Nacken fest, seine Hüften stießen gegen ihren Hintern. Es war Himmel und Hölle zugleich, die Spitze ihres Höschens als Barriere zu spüren.

»Ich habe es verdient«, wimmerte Blair. »Ich brauche es hart und grob.« Er wusste, dass sie das nicht nur sagte, um ihn zu beschwichtigen, denn er hörte die dunkle Verzweiflung in ihrer Stimme, die zu seiner eigenen passte.

Er schob ihr das Höschen von den Schenkeln und stieß in ihre wartende Nässe. Es fühlte sich sogar noch besser an als ihr Mund. Denver beugte sich vor und legte eine Hand neben ihre Schulter auf das Bett, während er sie mit der anderen Hand im Nacken festhielt. Dann nahm er sich, was er wollte.

Seine Hüften rammten unbarmherzig gegen ihren Arsch, sein Schwanz hämmerte so tief in sie hinein, dass er für immer in ihr bleiben wollte. Sie war so verdammt eng, zog sich um ihn zusammen und stöhnte alle paar Sekunden, während er immer wieder in sie stieß. Als wäre er von einem wilden Dämon besessen, konnte er nicht aufhören. Er brauchte mehr von ihr, alles von ihr. Er musste Blair vollständig besitzen. Es war nicht romantisch, es war nicht sinnlich. Es war rohes, schmutziges Ficken, das sie wund und ihn aufgescheuert zurücklassen würde, und es war ihm scheißegal.

»Du gehörst mir«, knurrte er. »Verstehst du?«

Als sie zum Höhepunkt kam, schrie sie auf, wölbte ihren Rücken und drückte ihren üppigen Hintern wieder in ihn hinein, und er ließ die dunkle, animalische Seite in ihm mit seinem eigenen, den Verstand auslöschenden Orgasmus brüllen. Er pumpte sie mit seiner Essenz voll und drückte ihren Arsch fest an sich, damit jedes bisschen seiner Erlösung in ihr blieb.

Nach einer langen Sekunde hielt er den Atem an, als die Realität zurückkam wie die Wellen des Meeres. Er hatte gerade die Tochter des Mannes brutal gefickt, den er mehr hasste als alles andere auf diesem Planeten. Er erwartete ein Gefühl des Triumphs, eine Woge des Stolzes, aber es stellte sich nicht ein. Er fühlte ... etwas anderes. Der Ort, der früher voll von seiner schwarzen Wut war, hatte sich geleert, und etwas anderes glühte in ihm, etwas, das er nicht zu benennen wagte. Die einzige Emotion, die er sich in diesem Moment erlaubte, war die Sorge um die Frau, die er gerade so brutal benutzt hatte. Sie war noch immer über das Bett gebeugt und zitterte stark, als er sich hastig aus ihr herauszog.

»Blair, bist du okay? Scheiße, habe ich dir wehgetan?«

Bitte, Gott, lass sie okay sein ...

———

»Blair, bist du okay?« Denvers Stimme war voller Panik, als sie Blair durch das verwirrte Chaos ihrer eigenen Reaktionen erreichte.

»Ich glaube schon.« Sie konnte nicht aufhören, zu zittern. In den letzten Sekunden hatte sie sich gefühlt, als stünde sie wieder am Ufer und die gefährlichen Wellen kämen auf sie zu. Sie hatte gewusst, dass sie fliehen und sich nicht vom Wasser mitreißen lassen durfte, nur, dass diesmal Denver das Meer war, das sie zu ertränken drohte.

»Ist dir kalt?«, fragte er, als er ihr beim Aufstehen half.

»Ja, ich glaube, ich brauche eine Dusche.« Sie brauchte Wärme, Hitze, Wasser über ihrem Körper. Sie versuchte, sich von ihm zu lösen, aber ihr Höschen hing noch halb an ihren Beinen und sie stolperte.

»Bleib stehen.« Er kniete sich zu ihren Füßen und zog ihr die Keilsandalen aus. Mit einem Finger zog er ihren Slip nach unten und von ihrem Körper. Sie stützte ihre Hände auf seine Schultern, um das Gleichgewicht zu halten. Dann stand er auf, nahm sie in die Arme und trug sie in die große Eckbadewanne. Er ließ das Wasser einlaufen und prüfte die Temperatur, bevor er sie in die Wanne drängte und sie ihren BH auszog.

Sie zitterte immer noch und erwartete, dass er sich umdrehen und weggehen würde, aber er entledigte sich einfach seiner restlichen Kleidung und ließ sich zu ihr in die Wanne gleiten. Sie seufzte und er zog ihren

Körper in die Kurve seines Körpers und ließ sie an ihm ruhen.

Er sagte nichts, seine Hände sprachen für ihn, als sie über ihre Haut fuhren, jede Berührung beruhigend und sanft, eine Entschuldigung für seine vorherige Rauheit. Nicht, dass sie das gebraucht hätte. Er hatte es gebraucht, um die Wut und die Frustration, die sich in ihm aufgestaut hatten, herauszulassen, um zu explodieren. Sie schloss die Augen, als die Wärme des heißen Wassers in ihre Glieder drang.

»Ich habe gar nicht daran gedacht, dich zu fragen, ob du die Pille nimmst oder so … Scheiße«, murmelte er.

Sie schmiegte sich an ihn, sodass sie eine Handfläche auf seine Brust über seinem Herzen legen konnte, und ließ sich von dem gleichmäßigen Schlag beruhigen. »Ich habe eine Spirale. Die ist in Ordnung. Ich bin sauber – du auch?«

»Ja, ich lasse mich alle paar Monate untersuchen und war seit meinem letzten Test mit niemandem mehr zusammen.«

Er schwieg einen langen Moment und sie fragte sich, ob der Gedanke, dass er sie versehentlich geschwängert haben könnte, ihn verfolgte. Sie wollte nicht, dass er sich Sorgen machte oder wütend auf sie war, nicht im Moment.

»Danke, dass du mir das Leben gerettet hast.« Sie

schmiegte sich an seinen Hals und stieß einen leisen Seufzer aus, als er seine Arme um sie schlang.

»Gern geschehen«, antwortete er schließlich.

Sie konnte nicht anders, als ein wenig zu lachen. »Daran muss man sich erst einmal gewöhnen, nicht wahr?«

»Woran?«

»Nett zu mir sein.« Sie konnte sich ein Lächeln nicht verkneifen, auch wenn sie erschöpft war.

Er schnaufte eine nonverbale Antwort, die sie wieder zum Lachen brachte. Sie fühlte sich wie gelähmt, als würde sie keines ihrer Glieder mehr bewegen können. Am liebsten wäre sie für immer mit ihm in der heißen Badewanne geblieben.

Wäre sie nicht so müde gewesen, hätte sie vielleicht noch etwas sagen wollen, ihm sagen wollen, dass ihr Vater bereute, was er getan hatte, dass ihr Onkel derjenige gewesen war, der es in Gang gesetzt hatte, aber sie gähnte und schlief ein, bevor sie noch etwas tun oder sagen konnte. Eine andere Frau hätte sich vielleicht nicht getraut, in den Armen von jemandem einzuschlafen, der sie hasste, aber Blair vertraute Denver.

Vielleicht würde er ihr eines Tages ebenso vertrauen.

8

Denver legte eine nackte Blair auf sein Bett und strich ihr die Haare aus dem Gesicht. Sie war erschöpft und er wusste, dass sie so schnell nicht wieder aufwachen würde, nicht nach dem Adrenalinschub und dem anschließenden Höhepunkt in Verbindung mit dem ungeplanten wilden Sexspiel. Er begann zu lächeln, aber sein Lächeln verkümmerte, als er sich vor Augen führte, wer sie war.

Paul Ashworths Tochter.

Sie war eine Frau, die von dem Mann aufgezogen und geliebt worden war, der Denver seinen Vater gestohlen hatte. Die alte Wut der letzten fünfzehn Jahre kam wieder hoch, genauso roh und quälend wie an dem Tag, als er von der Highschool nach Hause gekommen war und einen Krankenwagen vor seinem Haus vorgefunden hatte. Als die Sanitäter seinen Vater auf einer Bahre abtransportiert hatten, war er kaum noch am Leben gewesen. Als sie in der Notaufnahme ankamen, war sein Vater bereits verstorben. Denver hatte nicht einmal die Chance gehabt, sich zu verabschieden.

In nur wenigen Stunden war er gezwungen gewesen, das Leben seiner Familie in den Griff zu bekommen. Er hatte getan, was er konnte, um seiner Mutter zu helfen, denn sie war nach dem Verlust ihres Mannes zu geschockt, um auf die Beine zu kommen. Es ging also nur noch um Denver und darum, was er tun konnte, um die Schulden seines Vaters für das Geschäft zu begleichen, das im Zuge der FBI-Ermittlungen den Bach hinuntergegangen war.

Alles, was geschehen war – alles – war Paul Ashworths Schuld. Und Denver hatte seine Tochter einfach mit ins Bett genommen, sie grob gefickt und erschöpft zurückgelassen. Denver schüttelte die gemischten Gefühle von Schuld, Scham und dem gegenwärtigen Verlangen, sie erneut zu erobern, ab.

Er zog sich leise an, sammelte ihre Kleider ein und ließ sie am Fußende seines Bettes liegen. Der Sturm hatte sich zu starkem Regen abgeschwächt und der Seegang hatte sich gelegt. Es war sicher, nach draußen zu gehen, und das war genau der Ort, an dem er sein musste – draußen am Meer, weit weg von der Sirene in seinem Bett. Er beschloss, dass ein schneller Abgang aus seiner Suite notwendig war.

Sobald er in den Regen trat und die warme Seeluft um sich herum spürte, atmete er erleichtert auf. Er ging den Weg hinunter und betrachtete die Gebäude des Resorts, um nach eventuellen Schäden Ausschau zu halten. Er sah nicht viel, was repariert werden musste. Sie müssten höchstens die Steine und den Seetang wegräumen, die an den Strand gespült worden waren. Die Gehwege müssten gekehrt werden. Das waren alles einfache Reparaturen und Denver war fast enttäuscht, dass es nichts Größeres gab, auf das er sich hätte konzentrieren können.

Er ging weiter den Strand entlang und sammelte ein paar Muscheln ein, bis er eine große schwarze Muschel inmitten von Seegras fand. Er hob sie auf und konnte nicht widerstehen, die Schale zu öffnen. Es war nicht ungewöhnlich, dass Muscheln und Austern während eines Sturms an den Strand gespült wurden. Denver zog das kleine Messer aus seiner Tasche, um die Schale aufzubrechen. Er hatte einige Übung darin und schaffte es, die Muschel im Inneren nicht zu verletzen. Er tastete in der glitschigen Muschel herum, bis er die harte Form einer Perle spürte. Vorsichtig zog Denver die blau leuchtende Perle aus der Muschel, dann watete er in die Brandung und warf die Muschel zurück ins Wasser.

Als er wieder am Ufer war, untersuchte er die Perle genauer. Sie hatte die perfekte Größe für einen Verlobungsring. Er wusste genau, was er mit ihr machen wollte. Er steckte die Perle ein und setzte seinen Weg zum Bungalow Sirene fort, wo er sein Armband benutzte, um Zugang zu Blairs Räumlichkeiten zu erhalten. Er hatte noch nie die Grenze überschritten, indem er die Privatsphäre eines Gastes betrat, aber das war ein besonderer Umstand. Er hatte Blairs Kleid aufgerissen und sie brauchte etwas zum Anziehen.

Er betrat den Bungalow und ging ins Schlafzimmer. Ein dunkelblauer Koffer stand auf einer Gepäckablage und der Schrank war voll mit ihren Kleidern. Denver wühlte sich durch die Blazer, Kleider und Shorts. Er konnte nicht anders, als sich vorzustellen, wie sie in all diesen Outfits aussah und wie er sie ihr am liebsten sofort ausziehen würde.

Er ermahnte sich, sich zu benehmen, und wählte eine blass-türkisfarbene Seidenbluse mit Ärmeln, die an den Ellbogen endeten, ein Paar khakifarbene Shorts und flache goldene Sandalen. Ihre Beine sahen in Stöckelschuhen zwar umwerfend aus, aber wenn er sie auch nur in Stöckelschuhen sah, würde er den Verstand verlieren und sie erneut aufs Bett werfen und sich ihre Beine über die Schultern legen wollen, während er in sie eindrang und die Absätze sich in seine Schultern gruben. Ja, er würde sich nach dieser Art von Bestrafung sehnen.

Mit einem kleinen Gemurmel darüber, wie verrückt er war, weil er sie immer noch so sehr wollte, sammelte Denver die Kleidung für sie ein und ging dann ins Bad, um ihr kleines Schmuckkästchen zu holen. Dann suchte er ein Höschen und einen BH für sie aus. Natürlich wählte er das Paar mit der meisten Spitze aus, was seinen Schwanz nur wieder hart werden ließ. Dann steckte er alles in eine Plastiktüte, um es vor dem Regen zu schützen, und verließ Blairs Bungalow. Es widerstrebte ihm, jetzt schon in sein eigenes Appartement zurückzukehren – nicht, weil er ihr nicht wieder nahe sein wollte, sondern weil er das viel zu sehr wollte. Es war, wie er befürchtet hatte: Blair war eine gefährliche Versuchung, und er hatte einen Fehler gemacht, als er sie gekostet hatte, denn eine Kostprobe würde nicht ausreichen.

––––––––––

BLAIR WAR NICHT ÜBERRASCHT, ALLEIN IM BETT aufzuwachen, aber sie war enttäuscht. Es war zu viel, zu erwarten, dass er bleiben würde. Sie streckte sich unter den Laken und errötete, als sie merkte, dass sie nackt war. Das Letzte, woran sie sich erinnerte, war, dass sie in der Badewanne eingeschlafen war. Er musste sie ins Bett getragen und abgetrocknet haben, bevor er sie zudeckte.

Für ein Arschloch, das sie hasste, war er verdammt süß. Wie war er eigentlich zu Frauen, die er nicht hasste? Er musste ein absoluter Märchenprinz sein.

Als der Sturm draußen abflaute, lag Blair mehrere

Minuten lang da und hörte dem Regen zu, der leicht gegen die Fenster prasselte, bevor sie sich schließlich aus dem gemütlichen Bett zwang. Es gab viel zu tun und je mehr Abstand sie zwischen sich und Denvers Bett brachte, desto besser. Sie warf die Bettdecke zurück und bemerkte, dass ihre Kleidung ordentlich gefaltet und gestapelt am Ende des Bettes lag. Sie seufzte, als sie sich nur allzu lebhaft daran erinnerte, wie er ihr Sommerkleid zerrissen hatte. Sie lachte bei dem Gedanken, dass sie die Fantasie gehabt hatte, ihm alle Kleider vom Leib zu reißen, aber er war derjenige gewesen, der stattdessen ihre Knöpfe durch die Luft hatten fliegen lassen.

Sie musste etwas zum Überziehen finden und dann in ihren Bungalow gehen, um zu duschen und sich ihre eigenen Kleider anzuziehen. Blair durchquerte den Raum zu Denvers Kleiderschrank und öffnete die Tür. Dutzende von teuren Hemden hingen auf hölzernen Bügeln neben Jacketts und perfekt gebügelten Hosen, während farblich abgestimmte Teile den Rest des Schranks ausfüllten. Es erschien ihr falsch, die Perfektion seiner Kleidung zu stören, also wandte sie sich wieder seinem Schlafzimmer zu und entdeckte das weiße Button-up-Hemd, das er ein paar Stunden zuvor getragen hatte. Es lag auf dem Boden neben dem Bett.

Blair hob das Hemd hoch und schnupperte daran. Es roch immer noch nach ihm, aber der Stoff hatte auch einen Hauch von Meer und Sturm, der jede Erinnerung an die letzten Stunden wachrief. Sie streifte das Hemd über ihren nackten Körper und knöpfte es zu. Denver war groß, sodass sein Hemd bei ihr bis zur Mitte des Oberschenkels reichte. Zufrieden damit, einigermaßen bedeckt zu sein, erkundete sie den Rest seiner Wohnräume. An den Wänden hingen noch mehr dieser fesselnden Porträts des Meeres, einige davon so naturgetreu gemalt, dass sie versucht war, die Wellen zu berühren, um zu sehen, ob sie nass waren. Diese Leinwände waren viel größer, einige dominierten die Wände, an denen sie hingen. Es war, als ob Denver das Bedürfnis hatte, ganz vom Meer umgeben zu sein.

Die Wände seines Schlafzimmers waren mit einer blassblauen Tapete verkleidet, und das Hauptbadezimmer war in Weiß und hellen Grautönen gestaltet, während das Wohnzimmer in einer einladenden Mischung aus Blau- und Brauntönen gehalten war. Bilder von Segelbooten füllten das Wohnzimmer. Denver war ein Mann, der das Meer wirklich mochte.

Sie ging weiter in die Küche, zu der ein kleiner Essbereich gehörte, der auf eine Terrasse mit Blick auf das Meer führte. Sie lehnte sich gegen die geschlossenen Glastüren und sah den Wellen zu, die unaufhörlich rollten. Sie wurde nie müde, das Wasser zu beobachten. Als das Schloss an der Haustür piepte und die Tür geöffnet wurde, drehte sie sich rechtzeitig um, um Denver eintreten zu sehen. Er hatte eine weiße Plastiktüte über einen Arm gehängt, während er in der anderen Hand ein paar Thermo-Getränkebecher und einige eingepackte Backwaren in einer kleinen durchsichtigen Tüte auf einem Getränketräger balancierte. Er stellte alles auf dem Tresen ab, bevor er aufblickte und sie bemerkte.

Sein Körper bewegte sich nicht, während seine Augen langsam über ihren Körper glitten, aber der raubtierhafte Glanz in seinem Blick war alles andere als träge. Er kam auf sie zu und jeder Schritt ließ ihr Herz härter gegen ihre Rippen pochen. Er blieb vor ihr stehen und sie presste sich mit dem Rücken gegen das Glas, als er mit einer Hand ihren Arm hinauffuhr und den Stoff seines Hemdes berührte, seine Hand zum Kragen gleiten ließ und seine Finger darin versenkte, bevor er ihn leicht öffnete. Ihre Brüste hoben und senkten sich, während sich ihr Atem beschleunigte.

»Gerade, wenn ich denke, ich habe genug von dir«, murmelte er vor sich hin. Dann beugte er sich vor und küsste sie leidenschaftlich. Blair stöhnte auf, als er sie zwischen sich und dem Glas festhielt. Sein Mund bewegte sich hart gegen ihren, jedes Schnippen seiner Zunge gegen die ihre war eine neckende Herausforderung, der sie mit ihrem eigenen verzweifelten Verlangen begegnete. Die wahnsinnige Lust von vor ein paar Stunden kam zurück, als wäre es das erste Mal, dass sie sich berührten.

Er hob sie hoch und sie schlang ihre Beine um seine Taille, als er sie zurück in sein Schlafzimmer trug. Er ließ sie auf das Bett fallen und legte sich auf sie, sein Mund wanderte über ihren Hals und ihr Schlüsselbein, bevor er wieder zu ihren Lippen kam. Sie küssten sich lange und heiß, bis sie feucht war und unter ihm stöhnte.

Ohne ein Wort zu sagen, griff sie nach seiner Gürtelschnalle und er unterbrach seine Küsse, um sich aufzusetzen und seine Hose zu öffnen. Er schob sie bis zu den Knien hinunter, und dann drückte er ihre Beine weit auf, entblößte ihr Geschlecht vor seinem Blick, während er sich an ihre Muschi drückte.

Er stieß zu und sie schrie auf, noch immer wund von vorhin. Er hörte nicht auf, entschuldigte sich nicht, und sie wollte es auch nicht. Er umfasste ihre Handgelenke mit einer seiner Hände und hielt sie über ihrem Kopf fest, dann stützte er sich mit der anderen auf das hölzerne Kopfteil, während er sie fickte. Das Bett wackelte, als sein kraftvoller, ruckartiger Rhythmus das robuste Holz bis an seine Grenzen strapazierte.

In jeder einzelnen Sekunde ihres Akts spürte Blair, wie Denvers Macht, sein Hunger, seine Besessenheit, sie zu besitzen, sie mit Lust zu zerstören, direkt in das Tal ihrer Oberschenkel fuhr. Er knurrte, der raue Klang war animalisch, als ihre Blicke sich trafen.

Ja, ich gehöre dir ... nur dir.

Die stummen Worte flossen zwischen ihnen hin und her und sie konnte den Höhepunkt, der über sie hereinbrach, nicht aufhalten. Ein Schrei entrang sich ihren Lippen, so heftig, dass er in ihrer Kehle kratzte. Er folgte eine Sekunde später und brüllte einen Laut der Lust und Wut, doch er wurde nicht langsamer. Er pumpte weiter in sie hinein, wie ein Hengst, der tief in seinem Vergnügen steckte und nicht aufhören konnte, selbst wenn er es wollte. Blair wimmerte, als eine Welle nach der anderen von neuem Vergnügen über sie hereinbrach.

Als er schließlich langsamer wurde und seine Hüften leicht zuckten, während er gegen sie wippte, konnte sie sich nicht mehr bewegen. Er hatte sie bis auf die letzte Zelle durchgefickt. So sollte es auch sein. Danach hatte sie sich gesehnt, nicht nur nach einem Funken der Leidenschaft, sondern nach einem unkontrollierbaren Feuer. Doch sie hatte es bei dem einen Mann gefunden, der sie niemals wirklich in seinem Leben haben wollte. Die melancholische Erkenntnis durchdrang den sonst so angenehmen Nachklang des sexuellen Zusammenseins.

Denver sackte neben ihr auf dem Bett zusammen, das Gesicht zur Decke gerichtet. Nachdem er wieder zu Atem gekommen war, rollte er sich zu ihr und beugte sich über sie, während er mit den Knöpfen seines Hemdes über ihren Brüsten spielte.

»Ich mag es, dich nur in meinen Kleidern zu sehen.« Er streichelte ihre Wange, bevor er ihr einen Kuss gab. Dieser Kuss war sanft. Seine anhaltende Süße ließ ihr Herz sich zusammenziehen.

»Ich mag es, nichts als deine Kleidung zu tragen.« Sie grinste ihn an. »Wie ist es im Resort? Sind alle gut durch den Sturm gekommen?«, fragte sie.

Denver nickte, als er mit seinen Fingerspitzen über ihre Brust bis zu ihrer Taille fuhr. Ihre Klitoris begann zu pulsieren, und sie versuchte, sich daran zu erinnern, dass sie unmöglich so schnell wieder kommen konnte. Aber Denver schien entschlossen zu beweisen, dass ihr Körper ihm gehörte. Er öffnete die Enden seines Hemdes und berührte ihren Schamhügel. Sie öffnete ihre Beine und drückte ihren Rücken nach oben, als er ihr einen leichten Klaps zwischen die Schenkel gab. Das Stechen weckte jeden schläfrigen Nerv zwischen ihren Beinen auf. Er schob zwei Finger in sie hinein und streichelte sie einen Herzschlag lang sanft, bevor er begann, sie kräftig in sie hineinzupumpen.

»Weißt du, wie es sich angefühlt hat, als du meinen Schwanz in deinen Mund genommen hast?« Seine Stimme war dunkel, rau, aber auch sanft, und jedes seiner verruchten Worte ließ sie erschaudern. Sie stöhnte, als sich ihre Erregung weiter steigerte.

»Ich liebe die Vorstellung, dich über mein Bett zu beugen und dich so hart zu ficken, dass du schreist. Du machst ein *Monster* aus mir, Blair. Gefällt es dir, das zu wissen?«, fragte er, sein Tonfall immer noch gefährlich sanft, ein Widerspruch zu dem fast gewalttätigen Pumpen seiner Finger in sie. Sie zog ihr Innerstes um ihn herum zusammen.

»Ich denke ständig daran, dich in mein Büro zu schleppen, dich bis auf die Stöckelschuhe nackt zu entkleiden und dich unter meinen Schreibtisch zu schieben, damit du mir den ganzen Tag einen bläst, ohne dass jemand weiß, dass du da bist. Würde dir das gefallen? Würdest du gern mein kleines schmutziges Geheimnis sein?«

Es gab kein Halten mehr. Sie kam mit einem Schrei, aber er beugte sich über sie und brachte sie mit einem Kuss zum Schweigen. Er hielt ihr bestrafendes Tempo aufrecht, bis sie erschöpft war und ihn anflehte, aufzuhören und doch niemals aufzuhören. Sie hatte keine Kraft mehr, etwas anderes zu tun, als ihn zu genießen. Sie war ein zittriges Durcheinander, überwältigt und beherrscht von seiner dunklen sexuellen Verzauberung. Als die Mini-Orgasmen aufhörten, zog er seine Hand zwischen ihren Beinen hervor.

Dann drückte Denver seine Finger, die mit ihren Säften getränkt waren, zwischen ihre Lippen. Sie saugte daran, schmeckte sich selbst und zitterte umso mehr unter seinem grimmigen Blick. Schließlich kühlte sich das Feuer in seinen Augen zu einer sanften Wärme ab und er drückte ihr einen Kuss auf die Stirn.

»Komm und trink deinen Tee, bevor er kalt wird. Dann kannst du duschen und dich anziehen. Ich habe dir etwas zum Anziehen mitgebracht.«

Und einfach so stand er auf, verließ das Bett und ließ sie dort zurück, durchgefickt und verwirrt. Er schien in der Lage zu sein, sein Verlangen an- und auszuschalten, aber sie konnte das nicht. Ihre Leidenschaft für ihn vermischte sich zusehends mit Zuneigung und etwas Stärkerem, das sie nicht zu benennen wagte.

Blair schleppte sich aus seinem flauschig weichen Bett und fuhr sich hastig mit den Händen durch die Haare, um die wilden Wellen zu bändigen, bevor sie sich in sein Badezimmer schlich, um sich zu waschen. Dann folgte sie ihm in die Küche und setzte sich an den Tisch. Er stellte ihr einen Ingwertee und einen Teller mit einem aufgewärmten und gebutterten Blaubeerscones hin.

»Wir essen in einer Stunde zu Abend, ich wollte nicht, dass du zu viel isst«, erklärte Denver, während er an seinem Kaffee nippte und sie beobachtete.

Die Aktivitäten der letzten Stunden hatten Blair hungrig gemacht, und sie aß die Scones so schnell, dass sie Schluckauf bekam.

»Wie lange habe ich geschlafen?«

»Etwa drei Stunden.« Er griff in eine kleine Tasche auf dem Tresen und warf ihr eine Samtschachtel zu. Sie fing sie auf und als sie es öffnete, blieb ihr vor Schreck der Mund offen stehen. Darin befand sich eine Perle mit einem schwachen Blaustich, die in einem Bett aus Diamanten ruhte.

»Was ist das?«, fragte sie.

»Dein Verlobungsring. Zum Glück hatten die

Geschäfte in der Stadt keinen Stromausfall. Ich konnte zu einem der Juweliere fahren und die Perle fassen lassen. Du wirst ihn heute Abend tragen und Jack und seiner Frau eine romantische Geschichte erzählen, wie ich dir heute während des Sturms einen Antrag gemacht habe.«

»Ich ...« Blair hatte Angst, den Ring aus der Schachtel zu nehmen.

Mit einem gequälten Seufzer kam Denver herüber und nahm den Ring aus der Schachtel, dann steckte er ihn ihr sanft an den Finger.

»So.«

»Er passt.« Blair starrte den eleganten Ring erstaunt an.

Denver lächelte. »Natürlich passt er.« Dann sammelte er ihr Geschirr ein und brachte es zurück in die Küche.

Blair griff nach ihrer Tasche mit den Kleidern und zog sich im Badezimmer um. Sie beschloss, dass sie in ihrem Bungalow duschen würde. Sie war sich nicht ganz sicher, ob das Ausziehen in seinem Badezimmer nicht damit enden würde, dass sie und Denver unter der Dusche Sex haben würden. Einen langen Moment hielt sie ihre Hand hoch und starrte den Ring an. Die weiche, schimmernde Perle sah aus wie ein gefrorener Tautropfen, der zart inmitten eines Meeres von Diamanten ruhte.

»Muss ich mich für das Abendessen schick

machen?«, fragte sie, während sie die mitgebrachten Kleider anzog.

»Ja, zieh das rot-schwarze Spitzencocktailkleid an, das ich in deinem Bungalow im Schrank gesehen habe. Wir gehen in ein nettes Lokal in der Stadt.«

»Okay.« Blair stellte sich ihn in ihrem Schlafzimmer vor, wie er ihre Kleidung berührte, so wie sie seine berührt hatte. Die Intimität dieser Vorstellung ließ sie erschaudern. Als sie fertig war, verließ sie das Badezimmer und fand ihn am Küchentisch, wo er etwas auf seinem Tablet las. Während er abgelenkt war, nahm sie sich wieder einen Moment Zeit, um den wunderschönen Ring zu betrachten. Nichts von alledem war real – nicht Denver, nicht der Ring, nicht die Verlobung oder ihre Beziehung – und doch wünschte sie sich verzweifelt, dass es so wäre.

»Sollen wir uns in einer Stunde in der Lobby treffen?«

»Ja.« Seine Ein-Wort-Antwort war eine offensichtliche Ablehnung. Nervös drehte sie den Perlenring an ihrem Finger.

»Es ist ein schöner Ring. Danke«, murmelte sie und verschwand durch die Vordertür, bevor er noch etwas sagen konnte.

———

Denver sprach gerade mit Jack und Anne, als sein Wagen vor der Lobby hielt. Wie aufs Stichwort kam Blair in dem knielangen, rot-schwarzen Spitzenkleid in die Lobby. Es war bescheiden geschnitten, doch der Stil verlieh Blair eine raffinierte Sinnlichkeit, die unwiderstehlich war. Ihr dunkles Haar war in weichen Wellen gelockt und mit ein paar kunstvoll platzierten Haarnadeln aus dem Gesicht gezogen. Ihr Make-up war perfekt, mit einem Hauch von Smokey Eyes und glänzenden Lippen, aber der Rest war natürlich. Sie sah ganz aus wie die Sirene, die sie seiner Überzeugung nach war. Sie kam mit einem sanften Lächeln auf ihn zu, das etwas in seiner Brust verkrampfen ließ.

Er hatte er geglaubt, dass er heute Nachmittag deutlich gemacht hätte, dass sie nur ein warmer Körper war, den er begehrte. Doch wenn sie ihn ansah, diese tiefbraunen Augen so voller Emotionen, konnte er sich ihr nicht verschließen. Es war, als würde sie einen Tunnel unter die Mauern seines Herzens graben. Er hatte sie wie ein Spielzeug behandelt und nichts weiter, und doch hatte sie mit solch unschuldiger, sinnlicher Perfektion geantwortet. Er wollte, dass sie ihn ebenso hasste, doch er konnte in jedem Blick und jeder Berührung sehen und spüren, dass sie das nicht tat.

»Meine Güte, Sie sehen wunderschön aus, Blair«, schwärmte Anne, als sich die beiden Frauen umarmten.

»Danke.« Blair errötete, als wäre sie Komplimente nicht gewohnt. Sicherlich sagte ihr jemand jeden Tag, dass sie mehr als hinreißend war. Denver konnte sich nicht vorstellen, dass die Männer in Blairs Leben das nicht kommentierten.

»Haben Sie beide den Sturm gut überstanden?«, fragte Blair. »Ich habe mir Sorgen gemacht.«

»Oh, ja. Wir haben es uns hier gemütlich gemacht, einen Film gesehen und Kartenspiele gespielt. Was ist mit Ihnen?«, fragte Jack.

Blairs Erröten vertiefte sich, als sie Denver einen Blick zuwarf. »Nun, Denver und ich hatten einen ereignisreichen Nachmittag.« Schüchtern hob sie ihre Hand, um ihnen den Verlobungsring zu zeigen. Ein Anflug von männlichem Stolz erfüllte Denver, als er den Ring an ihrem Finger sah. Obwohl er ihn vor einer Stunde selbst angesteckt hatte, war es etwas ganz anderes, jetzt zu sehen, wie sie ihn trug.

»Mein Gott, sieh dir diesen Ring an. Schatz, sieh mal.« Anne stupste ihren Mann an.

Jack wandte sich an Denver. »Sie haben ihr mitten in einem tropischen Sturm einen Antrag gemacht? Ziemlich romantisch.«

Denver lächelte Blair sanft an. »Ich hatte das Gefühl, dass das Universum mir ein Zeichen gibt. Ich hatte ein Abendessen für zwei Personen und eine Tour mit dem Glasbodenboot über das Riff geplant, aber irgendwie schien es heute passender zu sein. Sie ist wie ein tropischer Sturm, der nach ihr benannt wurde, in mein Leben gestürzt.«

Blairs Lächeln war zärtlich und die Art und Weise, wie ihr Blick auf dem Ring ruhte und dann langsam zu ihm emporstieg, ließ die Mauern um sein Herz auf eine Weise erschüttern, die ihn zu Tode beunruhigte.

»Nun, herzlichen Glückwunsch. Wie ich schon sagte, halte ich die Ehe mit einer guten Frau, die einem Mann ebenbürtig ist, für das Beste, was ein Geschäftsmann bekommen kann.« Jack streckte seine Hand aus und Denver schüttelte sie.

Als Jack und Anne vor ihnen zum Auto gingen, begegnete Denver Blairs Blick und nickte ihr zustimmend zu. Sie lächelte, aber in ihrem Blick blitzte etwas Scharfes und Schmerzhaftes auf, bevor sie es mit einer Freude verbarg, die viel zu natürlich aussah. Wenn ihre Gäste nicht hinsahen, drehte sie den Ring ängstlich, und in ihrem Gesicht flackerte ein Schuldgefühl auf. Er erkannte es nur zu gut, denn er fühlte dasselbe. Sie hatten zwei sehr nette Menschen belogen, nur um eines Geschäfts willen. Vielleicht war er wirklich der Hai, vor dem Jack Angst gehabt hatte? Denver wollte sich auf das Abendessen konzentrieren, aber er wurde das Gefühl nicht los, dass er Blair heute wirklich verletzt hatte – er verstand nur nicht, wie.

9

———

Die nächsten Tage vergingen für Denver wie im Flug, während er und die Hudsons eine Investitionsvereinbarung für die Fawkes Group ausarbeiteten, die vierzig Prozent der Anteile am Atlantis Rising Resort halten sollte. Zwischen den Geschäftsterminen hatte Blair ihre geplanten Auftritte, unterhielt das Ehepaar und lullte Denver langsam in eine seltsame Fantasie ein, in der er glaubte, er sei wirklich mit Blair verlobt.

Trotz ihrer offensichtlichen Freude, die sie jeden Tag ausstrahlte, konnte er den verletzten Blick in ihren Augen nicht vergessen, und er wollte etwas tun, um ihn auszulöschen. Immer wieder ertappte er sich dabei, wie er die Strandwege zu ihrem Bungalow hinunterwanderte, in der Hoffnung, sie zu sehen, mit ihr zu sprechen. Jedes Mal hielt er inne, wenn er ihre Tür erreichte, und Blairs unwiderstehlicher Sirenenruf und die Vorstellung von ihr in einem Bett ließ ihn die Hand heben, um zu klopfen.

Sie öffnete jedes Mal die Tür, ihre braunen Augen waren sanft und fast unschuldig, als sie in sein Gesicht sah, von dem er wusste, dass es von dem wilden Bedürfnis geprägt war, sie zu besitzen. Er fand sie immer in ihrem winzigen Baumwollpyjama vor, die Haare in Wellen um die Schultern gelegt, bereit fürs Bett. Er trat ein, drückte sie gegen die Tür, küsste sie bis zur Besinnungslosigkeit und fuhr mit den Händen durch ihr Haar, bis es richtig zerzaust war. Dann trug er sie auf die nächste ebene Fläche und gab ihr, was sie brauchte, was auch *er* brauchte.

Irgendwann hatte es aufgehört, einfach nur Sex zu sein, und war zu etwas *mehr* geworden. Eine weniger abgestumpfte Version von Denver hätte vielleicht versucht, es als *Liebe machen* zu bezeichnen. In mancher Hinsicht kannte er Blair jetzt fast so gut, wie er sich selbst kannte. Er war süchtig geworden, nicht nur danach, wie sie sich unter ihm anfühlte, wenn sie stöhnte, wenn er sie grob nahm, sondern auch danach, wie sie in exquisiter Freude seufzte, wenn er sie sanft und liebevoll beanspruchte. Er war auch süchtig danach geworden, ihr zuzuhören, mit ihr zu sprechen, sich ihr mitzuteilen. Aber er *liebte* Blair nicht. Er *konnte* sie nicht lieben.

Er liebte das Glitzern in ihren Augen nicht, wenn sie

die Fische im Aquarium beobachtete. Er liebte es nicht, wenn sie ihm bei jedem Abenteuer auf den Inseln enthusiastisch folgte. Er liebte es nicht, wie sie ihm zuhörte und sich alles, was er sagte, merkte. Er liebte es nicht, wie sie sich in seinen Armen zusammenrollte und einen kätzchenhaften Seufzer der Zufriedenheit von sich gab, nachdem sie miteinander geschlafen hatten. Er liebte vor allem nicht das Gefühl, das er hatte, wenn er die schimmernde Perle an ihrem Finger sah, die sie als die seine kennzeichnete.

Ja, es gab überhaupt nichts, was er an Blair Ashworth *liebte*.

»Denver, es war wirklich ein Vergnügen, die Woche mit Ihnen zu verbringen«, sagte Jack und riss Denver aus seinen Gedanken. Er stand mit Jack in der Lobby, während sie auf Blair und Anne warteten, um sich zu verabschieden.

Denver brachte ein Lächeln zustande, obwohl seine Gedanken von neuen Sorgen um Blair und die Tatsache, dass sie bald für immer aus seinem Leben verschwinden würde, belastet waren. »Das gilt auch für Sie beide, Jack. Ich bin froh, mit Ihnen und Anne zu arbeiten.«

»Sie laden uns doch zur Hochzeit ein, oder?«, fragte Jack. »Das wollen wir nicht verpassen. Blair ist einer der reizendsten Menschen, die wir seit Langem kennengelernt haben. Wir möchten an einem so wichtigen Tag dabei sein.«

»Danke, ich werde es ihr ausrichten«, versicherte Denver. »Wir haben noch nicht überlegt, wann oder wo sie sein wird. Ich gebe zu, mit Blair lebe ich nur im Moment und denke nicht an morgen.« Das war keine Lüge. Sie planten all diese erfundenen romantischen Momente nur Stück für Stück.

»Schicken Sie uns den endgültigen Vertrag, wenn Sie ihn fertig haben«, fügte Anne hinzu, als sie und Blair zu ihnen in die Lobby kamen.

»Das werde ich«, versprach Denver und legte seinen Arm um Blairs Taille, während sie Jack und Anne dabei zusahen, wie sie den privaten Shuttle zum Flughafen bestiegen. Bevor der Shuttle wegfuhr, beugte er sich vor und drückte ihr einen Kuss auf die Stirn. Erst als das Fahrzeug außer Sichtweite war, entspannte er sich. Die Scharade war vorbei.

Blair trat beiseite und räusperte sich. »Und, meinst du, es ist gut gelaufen?«, fragte sie. Er drehte sich zu ihr um und betrachtete ihren nachdenklichen Gesichtsausdruck, während sie weiter in die Richtung blickte, in die das Shuttle gefahren war. Irgendetwas an diesem Moment fühlte sich wunderbar und schrecklich zugleich an. Er wollte sich nicht von ihr lösen, um die Scharade zu beenden, aber er hatte auch keinen Grund mehr, weiterhin ihre Taille zu umfassen oder sich zu ihr zu beugen und an ihren Haarschopf zu kuscheln.

»Ich glaube, es ist gut gelaufen«, gab Denver zu. »Du hast fantastische Arbeit geleistet, Blair.«

Ihr leicht niedergeschlagener Gesichtsausdruck verwandelte sich in einen Ausdruck der Freude ob seines Lobs, doch nur allzu bald verblasste dieses Licht und wurde durch eine geschäftsmäßige Förmlichkeit ersetzt, die er von sich selbst erwartet hatte, nicht von ihr. Ihr Blick wandte sich leicht von ihm ab, als ob sie es vermeiden würde, ihn anzusehen. Er wollte sie wieder in seine Arme nehmen, ihr Kinn fassen und seinen Mund auf ihren senken, um sie daran zu erinnern, wem sie gehörte, wem sie mit Leib und Seele gehörte.

Aber sie gehörte ihm nicht, egal, wie sehr er sich das in diesem Moment wünschte. Sein Anspruch auf sie war flüchtig und schwand bereits dahin wie eine zurückweichende Flut.

»Ich rufe Simon an und vereinbare einen Termin am Nachmittag für meine Kampagne. Ich muss nur kurz in die Stadt, um die neuen Broschüren aus der Druckerei zu holen.« Sie eilte davon, bevor er sie aufhalten konnte.

Er hatte ihren Teil der Abmachung ganz vergessen. Verdammt, er hatte größtenteils gelogen, als er gesagt hatte, er würde ihren Vorschlag wirklich in Betracht ziehen. Aber jetzt? Jetzt war er es ihr schuldig, und es interessierte ihn, was sie sich ausgedacht hatte.

Simon kam zu ihm in die Lobby. »Ich würde sagen, die Woche ist gut gelaufen«, bemerkte er.

»Ja«, stimmte Denver widerwillig zu.

»Aber du bist nicht glücklich, weil ... ?«

»Ich hatte nicht erwartet, dass es funktioniert. Ich hätte nie gedacht, dass sie es durchziehen würde.«

Sein Freund gab einen leisen, bestätigenden Laut von sich. »Du *wolltest,* dass sie scheitert, selbst wenn dadurch das Geschäft mit der Fawkes Group gefährdet würde.«

»Nein, wollte ich nicht«, argumentierte er, aber Simon warf ihm einen Blick zu, der ihm sagte, dass er mit dem Unsinn aufhören sollte. »Gut, vielleicht ein wenig, aber der Abschluss des Deals war wichtiger.«

»Aha. Und worum ging es bei deinen nächtlichen Besuchen in ihrer Hütte genau?«

Denvers Augenbrauen senkten sich, als er Simon ansah. »Du beobachtest meine Bewegungen?«

»Nein«, lachte sein Freund, »aber das Personal war besorgt, nachdem du dein Schlafzimmer nicht mehr benutzt hast, und es führte zu der Frage, wo du schläfst, wenn nicht in deinem Appartement«.

»Nun, das ist jetzt vorbei.« Sosehr er auch wusste, dass diese Worte wahr waren, Denver wollte sie nicht wahrhaben. Einen Moment lang hatte er das Gefühl, sich im freien Fall zu befinden, als ihm bewusst wurde, wie sehr er sich danach sehnte, Blair in seinem Leben zu behalten.

»Ist es vorbei?« Simons Lippen zuckten und Denver widerstand dem Drang, ihn zu schlagen.

»Setz einfach einen Termin für die Kampagne an, damit ich das hinter mich bringen und sie von meiner

Insel werfen kann.« In Denvers Stimme schwang eine Schärfe mit, die er seinem Freund nicht länger zumuten wollte, sodass er das Einzige tat, was ihm einfiel, und aus der Lobby floh. Er wollte nichts sehen, was ihn an Blair erinnerte oder ihn mit der Endgültigkeit ihres baldigen Verschwindens konfrontierte. Er brauchte den Ozean. Er musste schwimmen, musste die Wellen spüren, die seinen Körper umspülten, und alles vergessen, was in dieser Woche geschehen war. Er war von zwei Stürmen namens Blair heimgesucht worden, und er war sich nicht sicher, wie groß der Schaden war, den beide angerichtet hatten.

———

Blair legte ihre Broschüren und anderes Marketingmaterial im Konferenzraum aus und schloss dann ihren Laptop an den großen Fernsehbildschirm im vorderen Teil des Raumes an. Sie hatte ihr Grafikdesign-Team in Chicago mit der Arbeit an einer neuen Website beauftragt, damit sie Denver und seinem Manager zeigen konnte, was sie geschaffen hatte, ohne dass es für die Öffentlichkeit sichtbar war.

Ihr Puls raste, als sie ein paar Mal tief durchatmete, nur eine Sekunde bevor sich die Tür des Konferenzraums öffnete. Denver und Simon traten ein, beide in Anzügen und mit ernsten Gesichtern, als sie sich ein paar Stühle von ihr entfernt setzten. Blair trug einen dunkelblauen Rock und eine zarte korallenrosa Bluse. Um den Hals trug sie eine goldene Halskette mit einem diamantbesetzten Seesternanhänger, den sie in einem der Geschäfte des Resorts gekauft hatte. Alles an ihrem Äußeren passte zum Thema des Seven Seas Resorts.

»Ich habe ein paar Muster der aktualisierten Marketinginstrumente auf Papier, aber die haben nicht annähernd so viel Einfluss wie die Neugestaltung der Website und die Social-Media-Kampagnen, die ich vorbereitet habe.« Sie reichte beiden Männern ihre Broschüren.

Simon schenkte ihr ein ermutigendes Lächeln, doch Denver runzelte die Stirn, als er die Broschüre aufschlug. Blair begann mit ihrer Präsentation.

»Der Seven Seas Beach Club ist ein einzigartiges Resort, das eine einzigartige Vermarktung verdient. Die derzeitige Vermarktung lässt das Resort wie jedes andere erscheinen – teuer, nobel, schön. Aber es gibt hier einen Zauber. Wenn die Gäste ankommen, erleben sie ihn sofort, aber dieser Punkt fehlt in der derzeitigen Werbung.« Sie fuhr den Computer hoch und klickte auf die Website, um sie zu öffnen.

Unglaubliche Grafiken erweckten den Eindruck, als würde der Betrachter der Website auf dem Wasser fahren und dann unter die Oberfläche tauchen, wo die in kristallblaues Wasser getauchten Riffe den großen Fernsehbildschirm ausfüllten. Es war ein beeindruckendes Erlebnis, das ihr Kreativteam mitgestaltet hatte. Ein Meerjungfrauenpaar schwamm über den Bildschirm und umkreiste das Riff, während bunte Fische spielerisch um sie herumtanzten. Dann schwappte eine Welle über den Bildschirm und offenbarte ein übersichtliches Menü vor einem hellen Sandhintergrund. Blair navigierte durch die verschiedenen Punkte unter der Registerkarte *Erkunden*, die die verschiedenen Touren auf der Insel anzeigte, dann weiter zu *Genuss* mit Informationen über die Essbereiche des Resorts. Danach klickte sie zu den Unterkünften unter *Leben im Paradies*, wo Interessenten sich in das Anwesen einkaufen oder einfach einen Bungalow mieten konnten. Sie bemühte sich, Denver während des Treffens nicht zu oft anzusehen, und achtete darauf, Augenkontakt mit Simon herzustellen. Es erforderte eine gehörige Portion Willenskraft, den Perlenring an ihrem Finger nicht zu berühren und ihn in den Momenten, in denen sie in ihrer vorbereiteten Rede innehielt, nervös zu drehen.

Wäre er ein anderer Mann gewesen – und nicht einer, dem sie hoffnungslos verfallen war – wäre ihr die Präsentation leicht gefallen. Sie wäre sich sicher gewesen, den Kunden zu gewinnen, weil ihre Arbeit und die ihres Teams einwandfrei war. Aber das war Denver Ramsey, der Mann, mit dem sie die letzte Woche so getan hatte, als wäre er verlobt, der Mann, mit dem sie wiederholt intim geworden war, der Mann, der ihr den besten Sex ihres Lebens beschert hatte. Und doch war er so viel mehr als das. Unendlich viel mehr. Und in wenigen Minuten würde das alles für immer vorbei sein. Blair verdrängte das plötzliche Aufflackern von Panik, das dieser Gedanke in ihr auslöste, und machte sich daran, ihren Vortrag zu beenden.

Sie ging die dazugehörigen Werbebilder, Videos und Texte durch und erläuterte jeden Teil der Website und die Strategien für die sozialen Medien.

»Wir wollen dreißig- und sechzigsekündige Videos auf Social-Media-Kanälen machen. Ich würde empfehlen, einen Kameramann zu engagieren und diese Spots in der Art eines Filmtrailers zu drehen und dem Zuschauer eine Geschichte zu erzählen.« Sie spielte eines der Standard-Videos ab, die ihr Team ausgearbeitet hatte. »Das ist ein einfaches Beispiel, aber exklusive Clips, die mit einem echten Budget gedreht werden, werden das Erlebnis noch erfolgreicher verkaufen.« Dann zeigte sie ihre Musterpläne für die Instagram-Accounts mit Kachelfotos und anderen Ideen, um für Aufsehen zu sorgen.

Als sie fertig war, lächelte sie die Männer an. Es war eine der besten Präsentationen, die sie je gehalten hatte. Noch nie war ihr Herz so sehr an einer Kampagne beteiligt gewesen.

Denver starrte auf den Bildschirm und die Social-Media-Anzeigen, sein Gesicht war nicht zu lesen. Simon warf einen Blick auf Denver, bevor er aufstand und Blair die Hand reichte.

»Das war ausgezeichnet. Vielen Dank, Blair. Wir müssen in den nächsten Wochen noch mit anderen Agenturen sprechen, aber wir bleiben in Kontakt.«

»Richtig. Ja, ja, natürlich. Wenn Sie das Material noch einmal durchsehen wollen, schicke ich Ihnen einen Download-Link, damit Sie auf alles zugreifen können.« Sie sah Denver an. Er stand auf, warf noch einen Blick auf den Bildschirm, sah sie an, dann verließ er den Konferenzraum und verschwand in seinem Büro auf der anderen Seite des Flurs, wobei er die Tür hinter sich zuschlug.

In Blairs Magen bildete sich ein Loch. Der Perlenring, der immer noch an ihrem Finger saß, wog plötzlich tausend Pfund.

»Denken Sie, ich sollte mit ihm sprechen?«, fragte Blair Simon.

»Besser nicht.« Simon seufzte schwer. »Sie haben wirklich fantastische Arbeit geleistet.«

»Danke.« Blair wusste, dass es Zeit war, zu gehen. Sie musste Denver Raum geben, um eine Entscheidung zu treffen. Sie packte ihren Laptop ein und ließ die Broschüren auf dem Tisch liegen. Sie blieb vor Simon stehen, nahm langsam den perlenbesetzten Verlobungsring ab und hielt ihn ihm hin.

»Mein Flug geht in drei Stunden. Würden Sie dafür sorgen, dass er den hier bekommt?« Sie legte ihm den Ring in die Hand und ging zur Tür.

»Miss Ashworth, warten Sie.« Simon holte sie an

der Tür ein. Sie schob die Laptoptasche auf ihrer Schulter hin und her, während sie den Manager ansah. In der letzten Woche hatte sie ihn in mancher Hinsicht fast so gut kennengelernt wie Denver, und sie hätte gern mit ihm an der Kampagne gearbeitet. Sie hatte erfahren, dass er einer der wenigen Menschen war, denen Denver von ganzem Herzen vertraute.

»Wenn Sie mich fragen, sind Sie zu gut für ihn. Ich weiß, wenn die Dinge anders lägen, hätte er Sie nicht so gehen lassen.«

»Vielleicht.« Blair brachte ein Lächeln zustande, während sie versuchte, sich nicht anmerken zu lassen, wie sehr es ihr wehtat. »Es war schön, Sie kennenzulernen, Simon.«

»Ebenso.« Es fühlte sich an wie ein Lebewohl, auch wenn das Wort nicht ausgesprochen wurde.

Denver würde niemals mit ihr arbeiten, egal, wie gut ihre Präsentation war. Das Zuschlagen seiner Bürotür hatte ihr alles gesagt, was sie wissen musste. Die geschlossene Tür war ein physisches Symbol dafür, dass er mit ihr fertig war. Sie musste das jetzt akzeptieren und weitermachen.

Sie musste einen anderen Weg finden, um die Hälfte der Firma ihres Vaters zurückzugewinnen.

Sie verließ das Büro der Geschäftsführung des Seven Seas und traf den Shuttle-Fahrer direkt vor der Lobby. Sie hatte vorausgeplant, ihre Koffer gepackt und alles bereitgelegt, bevor sie zu dem Kampagnen-

Meeting gegangen war. Wenn sie blieb, würde sie die Wunde, die sich bereits wie ein klaffendes Loch in ihrer Brust anfühlte, nur noch weiter aufreißen.

Sie wusste, warum. Denn gestern Abend, als Denver ein letztes Mal in ihren Bungalow gekommen war, hatte er sie langsam, sanft und zärtlich geliebt, mit geflüsterten Worten über ihre Schönheit, ihre Intelligenz, ihre Leidenschaft. Und bei diesen süßen Worten und dem nachklingenden Brennen seines Kusses hatte sie sich hoffnungslos in Denver Ramsey verliebt.

Sie hatte gefunden, wonach sie gesucht hatte – und es musste der eine Mann sein, der sie niemals lieben würde.

Sie stieg in den Shuttle, gerade als die Sonne am Horizont unterging, und verabschiedete sich vom Paradies.

―――

DENVER BETRACHTETE DAS MEER VON DEM BALKON AUS, das mit seinem Büro verbunden war. Er stützte sich mit den Unterarmen auf die Reling und ließ sich von der goldenen Sonne einlullen, die auf dem dunkler werdenden Wasser unterging. Normalerweise hätte ihn dieser Anblick inspiriert und mit einem inneren Frieden erfüllt, wie es ihn sonst nirgendwo auf der Welt gab. Jetzt sah er nur noch, wie die Sonne im Morgenlicht Blairs Haut küsste, während sie nackt neben ihm im Bett lag. Oder die Art, wie das Wasser ihre Haut wie Diamanttropfen überzog. Sie machte die Welt schön. Ohne sie hatte seine blau-goldene Welt ihren Glanz verloren. Der Wind schien kälter, die Sonne blasser.

Hinter ihm öffnete sich die Tür zu seinem Büro und Simon trat an die Balkontür. Denver warf ihm einen kurzen Blick zu, bevor er sich wieder auf die Wellen und die Sonne konzentrierte. In diesem Moment fühlte er sich uralt, als wäre die Lebenskraft, die ihn auf dieser Insel mit Energie versorgt hatte, endgültig erloschen, und nun starb er auch innerlich.

»Werden wir darüber reden?«, fragte Simon, als er auf Denvers rechter Seite auftauchte.

»Da gibt es nichts zu reden.«

»Von wegen«, entgegnete Simon barsch, in einem seltenen Gefühlsausbruch. »Wir haben uns vor zwei Wochen vier andere Präsentationen der besten Werbeagenturen der Welt angesehen und keine war vergleichbar mit dieser.« Er deutete mit dem Finger in Richtung des Konferenzraums. »Diese Frau versteht diesen Ort und dich. Ihr liegt das Resort am Herzen. *Du* liegst ihr am Herzen.«

Schwarze Fäden der Wut verknoteten sich in Denvers Bauch. »Diese Frau verkörpert alles, was meine Mutter und mich zerstört hat. An *diesem* Tiger im Raum führt kein Weg vorbei.«

»Welcher *Tiger*?«, fragte Simon.

»Vergiss es, verdammt.« Denver konnte sich kaum

beherrschen, nicht zu schreien. »Nimm einfach eine von den anderen Agenturen.«

»Das werde ich nicht tun«, warnte Simon. »Wenn du wirklich willst, dass ich weiterhin dein Manager bin, dann wähle ich sie. Keiner der anderen ist *das Beste*. Weißt du noch, was du zu mir gesagt hast, als du mir einen bequemen sechsstelligen Firmenjob bei Hilton ausgeredet hast?«

Denver erinnerte sich. Damals war die Seven Seas ein Traum gewesen, ein Glücksspiel, das ihn alles hätte kosten können.

»Du sagtest, dass das Resort nicht wie andere Ferienorte sein würde. Wir würden das Beste von allem haben, und es würde etwas bedeuten. Blairs Kampagne ist die beste, und sie bedeutet etwas. Ich werde ihr morgen früh den Vertrag faxen. Wenn du mich aufhalten willst, musst du mich feuern.« Simon streckte eine geballte Faust aus und entrollte dann seine Handfläche, sodass sie nach oben zeigte. Der perlenbesetzte Verlobungsring schimmerte im Licht. »Und den hier solltest du nicht vergessen.« Als Denver sich weigerte, den Ring anzunehmen, ging Simon zurück in sein Büro und legte ihn auf Denvers Schreibtisch, bevor er ihn allein ließ.

Denver zwang seinen Blick von dem Ring weg und zurück aufs Meer, nur um auf die Stelle zu starren, an der Blair fast vom Sturm weggefegt worden wäre. Er konnte das ungute Gefühl nicht vergessen, als er dachte, er würde sie verlieren. Und genau das war passiert. Er hatte sie verloren, aber nicht durch die Wellen, sondern durch seine eigene Unfähigkeit, ihrem Vater und den Schmerz, den Paul Ashworth verursacht hatte, zu verzeihen.

Er verließ den Balkon, ging zurück in sein Büro und ließ sich in seinen Schreibtischstuhl fallen. Er starrte auf den Ring, der in der Mitte seines Schreibtischs lag, und betrachtete das Licht, das sich in den Diamanten und dem opalisierenden Schimmer der Perle spiegelte. Er griff nach dem Ring, konnte nicht widerstehen, ihn zu berühren, und erinnerte sich daran, wie es sich angefühlt hatte, ihn an Blairs Finger zu sehen.

Simon hatte nicht Unrecht, Blair *war* die Beste. Vielleicht könnte er Simon die Sache überlassen und sich auf Bali konzentrieren. Auf diese Weise müsste er nie wieder mit ihr reden, nie wieder ihr Gesicht sehen oder ihre Stimme hören. Er könnte so tun, als wäre nichts geschehen. Die Perle schimmerte bläulich-weiß in der zunehmenden Dämmerung. Er schloss schützend seine Finger um sie. Sie gehörte zu ihr, nicht hierher. Die schöne Sirene, die ihn zu den Felsen gelockt hatte, verdiente ihre Perle zurück. Sie würde sein Abschiedsgeschenk an die Frau sein, die es gewagt hatte, sein Herz zu stehlen.

———

BLAIR STELLTE IHRE TASCHEN DIREKT HINTER IHRER Wohnungstür ab und schlüpfte aus den Laufschuhen, die sie im Flugzeug getragen hatte. Innerhalb weniger Minuten hatte sie eine bequeme Yogahose und ihr Lieblingssweatshirt angezogen und kramte in der Gefriertruhe nach ihrem Notvorrat an Eiscreme. Sie hatte gerade einen Löffel herausgeholt, als es an der Tür läutete.

Kayley stand davor und runzelte die Stirn, als Blair die Tür öffnete.

»Du hast mich nicht angerufen, nachdem du gelandet bist.« Kayley trat ein, ihr Blick huschte von dem Löffel in Blairs Hand zu dem Becher mit deutschem Schokoladeneis auf dem Küchentisch. »Oh nein, was ist passiert? Ist die Präsentation so schlecht gelaufen? Die Entwürfe der Kampagne, die ich gesehen habe, sahen großartig aus. Du hast mich in der letzten Woche nicht angerufen, also habe ich angenommen, dass alles gut läuft. Verdammt ... was ist passiert?«

Blair wollte nicht darüber reden, aber sie wusste, dass Kayley nicht ohne Antworten gehen würde.

»Möchtest du ein Eis?« Blair hüpfte barfuß in die Küche und holte zwei kleine Schüsseln.

»Ja, warum nicht. Ich könnte es brauchen, nachdem ich gehört habe, was passiert ist.« Kayley ließ ihre Handtasche auf einen Stuhl fallen und setzte sich auf die Couch.

In ein paar Minuten saßen Blair und Kayley nebeneinander und versenkten ihre Löffel in ihrem Eis. In den vergangenen Tagen hatte Blair zu oft darüber nachgedacht, wie es wohl wäre, Denver nach Chicago zu holen und ihn ihren Freunden und ihrer Familie als ihren echten Verlobten vorzustellen. Der alberne Tagtraum schmerzte viel mehr, als sie es erwartet hatte.

»Okay, was ist mit dir und Mr. Strandgott passiert?«

Blair stocherte in ihrem Eis und konnte nicht Kayley nicht ansehen. »Alles.«

»Alles? Was zum Beispiel? Das Letzte, was ich gehört habe, war, dass du Angst hattest, er würde dich aus dem Resort werfen.«

»Nun, das hat er nicht.« Blair strich sich eine Haarsträhne hinter die Ohren. »Stattdessen habe ich mich sozusagen mit ihm verlobt.«

Ein ersticktes Geräusch ließ Blair zu Kayley sehen.

»Warte mal.« Kayley hustete und erholte sich. »Verlobt?«

»Es war nicht real.« Blair seufzte. »Gott, das ist eine verrückte Geschichte.«

»Ich habe Zeit«, sagte Kayley.

Also erzählte Blair ihr alles und ließ dabei fast ihr Eis schmelzen, während sie sprach. Ihre Augen brannten vor Tränen, als sie erzählte, dass sie sich nicht einmal richtig von ihm verabschiedet hatte. Ihre Brust krampfte sich zusammen und sie musste ein Schluchzen unterdrücken. Kayley ließ ihr Zeit, sich zu beruhigen, bevor sie sprach, ihr Ton war sanft und besorgt.

»Er hat also bekommen, was er wollte: einen unterschriftsreifen Investitionsvertrag und dich zu verarschen, *buchstäblich*. Mein Gott, was für ein Arschloch.« Kayleys Miene verfinsterte sich.

»So war es nicht, nicht wirklich.« Sie schloss die Augen und erinnerte sich an die letzte Nacht und daran, wie er ihre geschlossenen Augenlider geküsst und einfach ihr Gesicht gestreichelt hatte, lange, nachdem sie mit dem Sex fertig waren.

»Du bist in ihn verliebt.«

»Ja.« Blair versuchte, sich über ihre eigene Dummheit zu amüsieren, aber der rasende Schmerz in ihr erstickte ihr gezwungenes Lachen.

»Und er empfindet nicht so für dich?«

Blair schüttelte den Kopf. »Es gab diese Momente, weißt du? Momente, in denen ich hätte schwören können, dass er alles vergessen hatte, was mit unseren Vätern passiert war, und er wirklich bei mir war.« Sie erinnerte sich daran, wie er sie im Wasser gehalten, ihre Stirn geküsst und den Sonnenuntergang beobachtet hatte. Wie er sie beim Schwimmen im Mondschein geneckt hatte, und dann später, als er mit ihr geschlafen hatte, war sein Herz in seinen Augen zu sehen gewesen, als er nichts zurückhielt. In diesen Momenten war sie sich so sicher gewesen. »Es war unglaublich. Ich glaube, es gab ein paar Momente, in denen er vielleicht etwas gefühlt hat, aber es war offensichtlich nicht genug.« Blair stocherte unglücklich in dem geschmolzenen Eisklumpen in ihrer Schüssel herum.

»Kommst du morgen zur Arbeit?«

»Nein. Ich glaube, ich brauche einen Tag. Mein Onkel wird sich wie ein Idiot aufführen und ich habe keine Lust, mich damit zu befassen.«

»Das kann ich dir nicht verdenken. Da du nicht da warst, um die Wogen zu glätten, war er diese Woche ziemlich übellaunig.« Kayley aß ihr Eis auf und sie und Blair stellten ihr Geschirr in den Geschirrspüler.

»Kommst du zurecht?«, fragte Kayley.

Blair lehnte sich gegen den Küchentresen und stieß einen Seufzer aus.

»Ja. Ich komme wieder auf die Beine.« Sie kam immer wieder auf die Beine. Sie hatte nicht vor, sich von einem gebrochenen Herzen das Leben ruinieren zu lassen.

»Ruf mich an, wenn du mich brauchst.« Kayley umarmte sie.

»Danke.«

Als Blair wieder allein war, rollte sie sich unter einer Decke zusammen und schaltete den Film *Laura* mit Gene Tierney und Dana Andrews in den Hauptrollen ein. Die Geschichte des Detektivs, der sich in eine Frau verliebt, nur weil er ihr Porträt sieht, und versucht, ihren Mord aufzuklären, hatte ihr schon immer gefallen. Am besten gefiel ihr die Szene, in der der Detektiv erfährt, dass Laura noch lebte und immer noch in Gefahr war, und er alles tat, um sie zu beschützen. Die stille, intensive Besessenheit des Detektivs von seiner Heldin hatte sie immer erstaunt und voller Sehnsucht zurückgelassen. Während sie den Verlauf der Geschichte verfolgte, konnte sie nicht anders, als sich Denver als den schneidigen Detektiv mit dem Filzhut vorzustellen, der entschlossen war, sie zu beschützen. Sie wünschte sich mehr denn je, mit ihm so frei zu sein, wie sie es auf der Insel gewesen war. Es hatte keine Barrieren zwischen ihnen gegeben. Er hatte ihr zuge-hört, wenn sie sprach, er hatte sie in seinen Armen gehalten und ihr in tausend kleinen Momenten das Gefühl gegeben, geschätzt zu werden.

Ihn und die Insel zu verlassen, hatte in ihrer Brust einen hohlen Schmerz hinterlassen, der sich wie Heimweh anfühlte. Wie konnte sie Heimweh nach einem Mann haben, mit dem sie nur eine Woche verbracht hatte?

Weil sie verliebt war, eine völlig *verliebte Närrin*.

10

»Randall will dich sehen«, sagte Kayley zwei Tage später zu Blair.

Blair erhob sich von ihrem Schreibtisch und verließ ihre Kabine. Kayley drückte ihr ermutigend die Schulter, bevor Blair zum Büro ihres Onkels ging. Mit jedem Schritt steigerte sich ihre Nervosität ein Stückchen mehr.

Seit ihrer Rückkehr aus der Karibik hatte sie nicht mehr mit ihm gesprochen und sie hatte das Gefühl, dass er sie zusammenstauchen würde, weil sie Denver nicht dazu gebracht hatte, den Vertrag zu unterschreiben. Sie hatte die letzten beiden Tage damit verbracht, ihr Selbstvertrauen zu stärken. Sie wusste, dass ihre Präsentation hervorragend gewesen war, und sie hatte gehofft – offensichtlich ziemlich töricht –, dass Denver den Wert ihrer Arbeit erkennen und ihre Agentur beauftragen würde, ungeachtet seiner persönlichen Gefühle. Offensichtlich war sie nicht gut genug für ihn gewesen, um einen Sinneswandel zu bewirken. Und jetzt musste sie sich von ihrem Onkel anhören, wie er sie für ihr Versagen zurechtwies. Sie hatte ihre Chance auf eine Beförderung und den Anteil ihres Vaters an der Firma verwirkt.

Tristesse war kein Wort, das Blair gern benutzte, aber es schien in diesem Moment zu ihrer Stimmung zu passen. Das Wort schienen sich in ihrem Kopf zu multiplizieren und machte sie krank.

Als Blair das Büro von Randall betrat, lächelte dieser. Das konnte gut oder schlecht sein, und seinem Blick nach zu urteilen, konnte sie es wirklich nicht sagen.

»Setz dich, Blair.«

Mit einem Gefühl von Déjà-vu setzte sie sich und wartete darauf, dass er sprach.

»Weißt du, was das ist?« Er hielt einen Stapel von Dokumenten hoch.

»Ein Vertrag?«

Das Lächeln ihres Onkels wurde breiter. »Der Vertrag mit dem Seven Seas Beach Club. Exklusive Werbung, fünf Jahre, keine Ausstiegsklausel. Du hast es geschafft.«

»Denver hat unterschrieben?« Ihr Herz schlug ihr bis zum Hals. Sie hatte es geschafft. Sie hatte ihn für sich gewonnen. Vor lauter Euphorie wurde ihr fast schwindlig, und sie hatte Mühe, sitzen zu bleiben, obwohl sie am liebsten aufgestanden wäre und vor Freude geschrien hätte.

»*Denver?*« Die Augen ihres Onkels verengten sich, als sie seinen Vornamen aussprach.

»Ich meine Mr. Ramsey«, korrigierte sie. »Er hat wirklich unterschrieben?« Sie hatte es geschafft. Die Beförderung gehörte ihr – und die Hälfte der Firma ihres Vaters. Trotzdem fühlte sich der Sieg hohl an.

Randalls scharfsinniger Blick blieb auf ihrem Gesicht haften. »Nein, es war sein Manager, aber er hat die Zeichnungsbefugnis für Ramsey, also ist es absolut verbindlich.«

Der dünne Hoffnungsschimmer, an dem sie sich festgehalten hatte, schwand dahin. Simon hatte die Entscheidung getroffen, sie zu engagieren, nicht Denver.

»Was auch immer du getan hast, wie auch immer du es getan hast, du hast ihn *am Haken.*« Das räuberische Lächeln ihres Onkels schmälerte ihren Sieg noch mehr.

Denver hat mich am Haken, dachte sie im Stillen. Dann zwang sie sich, nicht mehr an ihn zu denken. Sie hatte getan, was sie tun sollte, und jetzt hatten sie und Randall noch etwas zu erledigen.

»Ich werde Ende der Woche in das leere Büro des Kundenbetreuers einziehen. Dann können wir auch die Besitzurkunde für meine Firmenhälfte aufsetzen.« Blair konzentrierte sich auf die positiven Aspekte der

Vertragsunterzeichnung durch Denvers Firma und nicht auf die Tatsache, dass sie ihr Herz an der Nordküste von Paradise Island zurückgelassen hatte.

»Was das angeht ...«

Etwas Kaltes und Glitschiges glitt durch ihr Inneres und erfüllte sie mit einem Gefühl des unvermeidlichen Grauens.

»Während du weg warst, habe ich beschlossen, jemanden für die Stelle einzustellen. Ich habe einen tollen Jungen, der frisch von der Wharton Business School kommt. Sehr klug. Es wird dir Spaß machen, für ihn zu arbeiten.« Mit jedem Wort, das ihr Onkel sagte, verlor Blair die Kontrolle über sich, aber der Mann fuhr unbeirrt fort und winkte ihr abweisend mit der Hand zu. »Wir können die Sache mit dem Eigentum später in diesem Jahr besprechen. Jetzt ist nicht der richtige Zeitpunkt, um größere Änderungen an den Eigentumsverhältnissen des Unternehmens vorzunehmen. Unsere neuen Kunden müssen Stabilität sehen.«

Blair hörte ein leises Klingeln in den Ohren und ihr Magen krampfte sich so sehr zusammen, dass sie zusammenzuckte. Ihr Onkel redete immer noch von den Erwartungen der Kunden und etwas in Blair machte schließlich klick.

»Du hattest nie vor, deinen Teil der Abmachung einzuhalten, oder?«, unterbrach sie ihn plötzlich.

Randall lehnte sich langsam in seinem Stuhl zurück und begegnete ihrem Blick. Seine gespielte Höflichkeit verschwand und er begegnete ihr mit unverblümter Ehrlichkeit.

»Nein, das hatte ich nicht. Ich hatte erwartet, dass er nicht unterschreiben würde. Aber eigentlich wollte ich dich nur eine Woche lang weg haben, um den neuen Kundenbetreuer ohne viel Aufhebens einzustellen.«

Blair starrte ihn an. Ohne viel Aufhebens? Er hielt sie für eine Nervensäge, weil sie eine Beförderung für ihre harte Arbeit wollte? In ihren Gedanken warf sie alles Zerbrechliche gegen die Fenster, bis sie zersprangen. Nach außen hin war sie ruhig, ein ruhig fließender Fluss. Sie stand auf und atmete tief ein, fühlte sich so frei wie damals im Wasser der Exumas, als Denver sie in den rollenden Wellen gehalten hatte.

»Ich kündige mit sofortiger Wirkung.«

Seine Augenbrauen wölbten sich und der selbstgefällige Ausdruck auf seinem Gesicht verschwand, als er stotterte: »Du wirst alles verlieren, wofür du hier gearbeitet hast. Wir können immer noch über die Eigentumsfrage sprechen, nur nicht jetzt. Du musst wirklich lernen, Geduld zu haben, Blair. Das ist das Problem mit euch Millennials ...«

»Das ist es ja gerade, Randall. Es ist kein *Problem*. Es war eine *Vereinbarung* zwischen uns. Eine, in die du mich in gutem Glauben hast eintreten lassen. Aber ich habe kein Vertrauen mehr in dich, also bin ich fertig mit dir, mit all dem hier.«

»Glaubst du, dass dich jemand in dieser Stadt

einstellen wird? Oder in New York oder LA? Ich werde es allen erzählen ...«

»Ich werde nicht für jemand anderen arbeiten. Ich werde mein eigenes Unternehmen gründen.« Darüber hatte sie mit Anne Hudson gesprochen, als sie auf den Bahamas gewesen war. Anne hatte sie vorsichtig auf den Gedanken gebracht, Bay Breeze zu verlassen, wenn ihr Onkel ihr Talent und ihre harte Arbeit nicht anerkennen würde. Aber bis zu diesem Augenblick war es nur eine Idee gewesen, keine notwendige Realität.

Randall wagte es, zu lachen und Blair hatte sich nur mit Mühe unter Kontrolle. »Mit welchen Mitteln? Du hast keine Vorstellung, was es braucht, um ein Unternehmen wie dieses zu führen.«

Blair lächelte kalt, als sie ihre Hand ausspielte. »Ich habe eine Firma, die bei mir investieren würde.«

»Wer?«

»Das spielt keine Rolle. Der Punkt ist, dass du nicht in der Lage sein wirst, Fäden zu ziehen, um mich aufzuhalten. Ich bin über dich und diese Agentur hinausgewachsen.«

Sie ging auf die Tür zu.

»Wenn du gehst, verlierst du alles«, warnte er.

Sie legte eine Hand auf den Türpfosten und sah zu Randall zurück. Es gab kein Zurück mehr, und sie war erleichtert. Er hatte es ihr tatsächlich leicht gemacht, zu gehen.

»Ich habe nichts zu verlieren, und ich muss dir dafür danken, dass du mir das gezeigt hast.«

Als Blair aus seinem Büro trat und zügig zu ihrem Arbeitsplatz zurückging, hatte sie das Gefühl, zum ersten Mal seit Jahren wieder durchatmen zu können.

»Was ist passiert?«, fragte Kayley im Flüsterton, als sie Blair in ihre Kabine folgte.

»Ich habe gekündigt. Denvers Firma hat den Vertrag unterzeichnet und Randall hat gelogen, was die Position des Direktors und die fünfzigprozentige Beteiligung angeht. Also habe ich gekündigt.« Blair holte einen alten Aktenkarton unter ihrem Schreibtisch hervor und begann, ihn mit ihren persönlichen Sachen zu füllen.

»Oh mein Gott.« Kayley lächelte. »Ich liebe dich im Moment so sehr. Was wirst du jetzt tun?«

»Meine eigene Agentur gründen.« Blair spürte, wie ihr Selbstvertrauen von Sekunde zu Sekunde wuchs. Sie hatte alle Kontakte, sie kannte jeden Aspekt des Geschäfts, und sie war sich zu fünfundneunzig Prozent sicher, dass die Fawkes Group in ihre neu gegründete Agentur investieren würde, wenn sie Anne und Jack Hudson anrief und ihnen die Situation erklärte.

»Wann fangen wir an?«, fragte Kayley, während sie dabei half, Blairs Habseligkeiten einzupacken.

»Wir?« Blair legte ein Bild von sich und ihrem Vater in den Karton, das letzte Stück, das die kleine Kabine als die ihre auszeichnete.

»*Ja*. Ich komme mit dir. Sobald es sich herumspricht, dass du gehst, werden einige der anderen zu uns stoßen.«

»Meinst du?« Blair hob ihren Karton hoch und ging mit einem letzten Blick in Richtung Fahrstuhl. Kayley versprach, die Nachricht heimlich zu verbreiten, bevor sie in ein paar Tagen ihre Kündigung einreichte. Blair fuhr mit dem Aufzug hinunter ins Parkhaus und lud ihren Karton in den Kofferraum. Als sie sich hinter das Steuer setzte, atmete sie mehrmals tief durch, bevor sie den Motor anließ. Eine letzte dunkle Wolke schwebte über ihr am Horizont. Sie musste ihrem Vater sagen, dass sie seine Firma verloren hatte und sie sie nie wieder zurückbekommen würde.

Blair fuhr mit ihrem Auto aus der Stadt hinaus und machte sich auf den Weg zu ihrem Elternhaus am Seeufer. Sie musste mit ihrem Vater sprechen und ihm sagen, was mit Randall passiert war.

Es war Mittagszeit, als sie die kreisförmige Auffahrt zu dem gemütlichen Häuschen hinauffuhr. Ihre Eltern hatten ihr Leben nach dem Skandal vor all den Jahren heruntergefahren. Ihre Mutter war Kardiologin und arbeitete drei Tage in der Woche in der Stadt. Ihr Vater hatte sich vorzeitig zur Ruhe gesetzt und leitete eine gemeinnützige Organisation zur Förderung der Alphabetisierung in den Innenstädten Chicagos. So konnte er sich auf etwas konzentrieren und etwas Positives in der Welt tun, was für seinen

Seelenfrieden wichtig war. Mehr denn je verstand Blair, wie er sich fühlte.

Ihre Mutter öffnete die Tür und umarmte sie. Melanie Ashworth war eine gertenschlanke Schönheit in ihren späten Fünfzigern. Blair kam nach ihrer Mutter, was das Aussehen betraf, und sie war froh darüber, denn ihre Mutter sah immer noch umwerfend aus.

»Blair, was machst du denn hier? Es ist mitten in der Woche. Ist alles in Ordnung?«

»Ja, es ist alles okay.« Blair liebte ihre Mutter, aber manchmal hatte sie auch als erwachsene Frau das Gefühl, sich erklären zu müssen. »Ich muss mit dir und Dad reden. Ist er da?«

»Ja, auf der hinteren Veranda. Ich werde ein paar Drinks machen.«

»Danke, Mom.« Blair ging durch das Haus und hielt an der Hintertür inne, als sie ihren Vater am Terrassentisch im Schatten der Veranda entdeckte. Hinter ihm erstreckte sich eine träge Uferlinie und die sanften Wellen des Sees. Obwohl es nur ein See war, stellte sie sich Denver dort vor, wie er barfuß im Sand spazieren ging und ein weißes Hemd trug, das am Hals offen war und dessen Ärmel hochgekrempelt waren. Sie schüttelte die Wunschvorstellung ab.

Sie wusste, dass Denver niemals hierher in das Haus ihres Vaters kommen würde, aber ihre Erinnerungen an ihn waren so stark, so greifbar, dass ihr

Verstand ihn sofort heraufbeschwören zu können schien. Würden sie jemals verblassen, die Echos jener herrlichen Stunden, die sie mit ihm im Paradies verbracht hatte? Oder würden sie noch genauso klar und deutlich in ihrem Kopf sein, wenn sie alt und grau war?

Blair konzentrierte sich auf ihren Vater, den Mann, der vor ihr saß und dem sie eine Erklärung schuldete.

»Dad?«

»Schatz? Was machst du denn hier?« Der Kopf ihres Vaters hob sich von dem Papierkram, den er durchgesehen hatte, und er strahlte sie an. Ein Knoten verdrehte sich in ihrem Bauch.

»Ich muss mit dir reden.« Sie setzte sich neben ihn. »Es geht um Denver Ramsey und Onkel Randall.«

Das Lächeln ihres Vaters verschwand und er blickte kurz zum Wasser hinüber.

»Worüber willst du reden?«, fragte er schließlich.

»Ich habe immer vermutet, dass Randall dich dazu gedrängt hat, wegen Denvers Vater zum FBI zu gehen. Hatte ich recht?«

»Ich ...« Ihr Vater schluckte schwer. »Ich war immer ein Narr, wenn es um Randall ging. Als kleiner Bruder möchte man glauben, dass der ältere Bruder ein Held ist, dass er nie im Unrecht ist, nie der Bösewicht. Aber Randall ... er war ganz und gar nicht der Mann, den ich mir erträumt hatte. Ich habe einen Großteil meines Lebens damit verbracht, einen Traum als Held zu verehren. Er überzeugte mich davon, dass Richard Ramsey ein Betrüger war, und ich sah der Wahrheit, dass ich zum Narren gehalten worden war, erst ins Auge, als es schon zu spät war. Dem FBI zu sagen, dass mein Bruder ›mir gesagt hat, ich solle es tun‹, ist keine wirkliche Verteidigung, und ich war es der Familie Ramsey schuldig, die Verantwortung für meine Handlungen zu übernehmen, die ihnen so viel Schmerz und Kummer bereitet haben.«

Blair griff über den Tisch hinweg nach der Hand ihres Vaters und drückte sie.

Ihre Mutter kam mit drei Limonaden auf die Veranda und setzte sich neben ihren Vater.

»Warum das plötzliche Interesse an der Vergangenheit?«, fragte ihr Vater.

Sie holte tief Luft. »Ich habe heute meinen Job gekündigt. Ich bin für immer aus der Agentur ausgestiegen.« Blair sah auf ihre Hände, ihr Gesicht wurde heiß.

»Du hast gekündigt?« Der Tonfall ihrer Mutter war sanft, mitfühlend. »Was ist passiert?«

»Es begann damit, dass Randall mir das Angebot machte, auf das ich gewartet hatte.« Sie erklärte, was auf dem Spiel gestanden hatte, wie sie Denver Ramsey getroffen und wie er ihr vorschlug, sich als seine Verlobte auszugeben, um die Geldgeber davon zu überzeugen, dass es gut sei, ihr Geld in sein Projekt zu investieren. Und wie ihr Onkel ihr nach ihrer Rückkehr von

Paradise Island übel mitgespielt hatte. Den Teil, in dem sie sich in Denver verliebte, ließ sie aus, aber die hochgezogene Augenbraue ihrer Mutter bei der Erwähnung des Verlobungsrings sagte mehr, als ihre Worte es hätten tun können. »Und so habe ich gekündigt«, beendete Blair.

Ihre Eltern saßen schweigend da, nahmen ihre Geschichte auf und beobachteten sie.

»Dad, es tut mir so leid, dass ich Bay Breeze verloren habe. Ich wollte es für dich zurückholen, damit du und ich es zusammen leiten können.«

»Schatz« – ihr Vater hielt ihre Hand fest – »ich finde es toll, dass du das für mich tun wolltest, aber ich kann nie wieder in dieses Leben zurückkehren. Das ist meine Buße. Ich schulde Denver Ramsey und seiner Mutter alles für das, was mit Richard passiert ist.«

»Du wärst nicht zurückgekommen?« Blair war fassungslos. Ihr war nie klar gewesen, dass ihr Vater nicht in die Agentur zurückgekehrt wäre, wenn er die Möglichkeit gehabt hätte. Werbung war sein Leben gewesen.

»Nein, das ist jetzt Randalls Welt. Ich mache bessere Dinge mit meinem Leben. Es ist okay, loszulassen.«

Eine neue Welle der Erleichterung erfüllte Blair. Sie hatte ihren Vater nicht im Stich gelassen, hatte ihn nicht enttäuscht. Sie blickte wieder auf das Wasser hinaus und vermisste Denver und den Strand von Seven Seas so sehr, dass es wehtat.

»Ich hasse es, zu wissen, dass Denver mit Randall und dem Vertrag festsitzt, aber ich konnte nicht dort bleiben, nicht, nachdem ich gesehen habe, wie er meinen Job einem Jungen überlassen hat, der gerade erst die Wirtschaftsschule abgeschlossen und noch keine Zeit oder Arbeit investiert hat. Habe ich das Richtige getan?«

»Es ist immer das Richtige, für sich und seine Werte einzustehen.« Ihr Vater drückte ihre Hand. »Und wie geht es für dich weiter? Was wird meine geliebte Tochter jetzt für die Welt tun?«

»Ich habe mir überlegt, eine eigene Agentur zu eröffnen. Ich liebe diese Arbeit und möchte nicht aufhören. Ich glaube sogar, dass ich dank Denver ein paar Leute habe, die in mich investieren werden.«

»Dann solltest du das auch tun«, sagte ihre Mutter. »Wir unterstützen dich, egal, was passiert. Jetzt trink deine Limonade aus.«

Blair lachte und griff nach ihrem kaum angerührten Getränk. In diesem Moment wusste sie, wie viel Glück sie hatte, die beiden zu haben. Denver hatte nur noch seine Mutter. Eine plötzliche starke Welle von Heimweh warf sie fast um. Sie wollte ins Wasser stürzen und Denver finden, der auf sie wartete, seine Arme weit ausbreitete, um sie aufzufangen, damit sie Hand in Hand am Ufer entlanggehen konnten, während das Wasser über ihre nackten Füße schwappte. Sie wollte in seinem Bett liegen, seinen

Körper auf ihren spüren, seine Lippen kosten, sein Gesicht mit Küssen bedecken und ihn nie wieder verlassen. Aber das war ein Märchen, und während sie anderen Märchen verkaufte, um ihren Lebensunterhalt zu verdienen, konnte sie es sich selbst nicht verkaufen. Also stand sie am Ufer, das Wasser plätscherte an ihre nackten Füße, während die Dämmerung dem Mondlicht wich und die Wellen die Scherben ihres Herzens wegspülten.

11

»Du hast einen Besucher«, verkündete Simon, als er in der Tür zu Denvers Büro erschien.

»Ich dachte, ich hätte heute Nachmittag keine Termine.« Denver blätterte durch den Kalender auf seinem Handy.

»Ich fürchte, er steht nicht im Kalender«, antwortete Simon vorsichtig, und Denver erkannte sofort, dass er denjenigen, der durch seine Tür kam, nicht mögen würde.

Simon trat zurück und ein Mann betrat das Büro. Jeder Muskel in Denvers Körper versteifte sich und seine Knochen knackten, während er sich nur eine Handbreit von seinem Schreibtisch entfernte, bevor er erstarrte. Paul Ashworth stand in der Tür zu seinem Büro. Er sah älter aus, als Denver ihn in Erinnerung hatte. Fünfzehn Jahre waren genug Zeit gewesen, um die feinen Linien um Pauls Augen und Mund zu vertiefen und sein Haar grau zu färben. Denver wollte ihm schon sagen, er solle sich zum Teufel scheren, doch dann bemerkte er, dass Pauls braune Augen die gleiche Farbe hatten wie Blairs, ein einzigartiger Farbton, in dem sich Umbra-Töne mit Rotbraun und Bernstein mischten. Blairs Augen ... wie oft hatte er in diese Augen geblickt, als er das köstlichste Vergnügen seines Lebens erlebte? Wie oft hatte er still im Bett gelegen, als die ersten Sonnenstrahlen ihre Haut küssten und ihre dunklen Wimpern sich öffneten, um das Leuchten in diesen braunen Augen zu enthüllen, und sein Atem bei diesem Anblick stockte?

»Bitte, geben Sie mir fünf Minuten, dann gehe ich.« Pauls ruhiger Tonfall enthielt einen Hauch von Verzweiflung und das allein hielt Denver davon ab, den Raum zu durchqueren und dem Mann einen rechten Haken ins Gesicht zu schlagen – das und die Tatsache, dass ein Schlag gegen diesen Mann so wäre, als würde er Blair schlagen.

»Fünf Minuten«, warnte Denver.

Paul räusperte sich. Er versuchte weder, sich zu setzen, noch bot Denver ihm einen Stuhl an.

»Meine Tochter ist in Sie verliebt.«

Was auch immer Denver von ihm zu hören erwartet hatte, es war nicht der Fall.

»Ich bin sicher, Sie haben nicht erwartet, dass ich

das sage. Aber es ist die Wahrheit. Ich weiß, ich habe kein Recht, Sie um etwas zu bitten, Mr. Ramsey. Ich habe Sie um Ihren Vater gebracht, um Ihre Zukunft, um das Leben, das Sie erwarteten. Ich trage diesen Kummer und diese Schuld immer mit mir. Ich weiß, dass Vergebung nicht möglich ist. Ich bin hier, um Sie zu bitten, sie nicht gehen zu lassen, wenn Sie sie nur halb so sehr lieben, wie sie Sie liebt. Aber wenn Sie Blair geliebt haben ..., wenn Sie es immer noch tun ...« Pauls Stimme brach und seine Augen trübten sich vor Emotionen.

»Selbst wenn ich sie wahnsinnig lieben würde, würde es nicht funktionieren.«

Paul lächelte traurig, als er das Elend sah, das Denver nicht länger verbergen konnte.

»Die Liebe sollte den Hass überwiegen, jedes Mal. Sie und ich müssen uns nicht sehen oder sprechen. Wenn Sie in Blairs Leben sind, wenn sie glücklich ist und Sie glücklich sind, bleibe ich aus dem Spiel. Verstehen Sie das? Ihr Glück ist das Einzige, was zählt.«

»Wie wollen Sie überhaupt wissen, dass sie mich liebt?«, fragte Denver, und die Worte trafen ihn tief, als er versuchte, sich vorzustellen, wie sie sich in diesem Moment fühlte: verloren, verzweifelt, trostlos.

»Woher ich das weiß? In diesem Augenblick steht mein Mädchen am Ufer des Michigansees und sieht den Wellen zu, und ich weiß, dass sie sich wünscht, stattdessen *hier* bei Ihnen zu sein. Ihr Herz ist gebrochen. Wenn Sie Ihnen etwas bedeutet, dann bitte, gehen Sie zu ihr. Geben Sie ihr das Leben, das Sie beide verdienen. Sie sind ein Mann geworden, auf den Ihr Vater stolz sein würde. Sie haben der Welt bewiesen, dass nichts Sie aufhalten kann. Sie sind ein Kämpfer. Wenn Sie meine Tochter lieben, dann kämpfen Sie um sie.«

Denver und Paul sahen sich einen langen Moment an, der Raum zwischen ihnen war voll von Erinnerungen und Gefühlen, guten und schlechten, und doch ... Denver begann zu verstehen, was Paul meinte. Die guten Erinnerungen, die er mit Blair hatte, überwogen alles andere. Verriet die Liebe zu ihr die Erinnerung an seinen Vater?

Paul drehte sich um und ging zur Tür hinaus.

Einen Moment später betrat Simon das Büro, schloss die Tür und setzte sich auf den Stuhl gegenüber von Denver.

»Was wirst du tun?«

»Ich weiß es nicht«, sagte Denver, immer noch fassungslos ob der Begegnung. Der Hass und die Wut, die er beim Anblick des Mannes, der sein Leben ruiniert hatte, zu spüren erwartet hatte, schienen schnell zu verblassen. Der Mann, der gerade sein Büro verlassen hatte, war nicht mehr der niederträchtige Albtraum, an den er sich erinnert hatte. Er war ein von Schuldgefühlen gealterter Mann, ein Mann, der die Schwere seiner Sünden gegen Denvers Familie begriff.

Er war auch ein Mann, der wollte, dass seine Tochter glücklich war, koste es, was es wolle, sogar um den Preis, für immer aus ihrem Leben zu verschwinden.

»Du könntest Blair anrufen. Vielleicht ist sie noch bei der Arbeit.« Simon nahm den Hörer auf Denvers Schreibtisch und wählte die Nummer, die auf den Vertragspapieren stand, die vor ihm lagen. Dann reichte er das Telefon an Denver weiter.

»Hier ist Bay Breeze. Wie kann ich Ihnen helfen?«, fragte die Empfangsdame.

»Hier ist Denver Ramsey. Ich würde gern mit Blair Ashworth sprechen.«

Simon stand auf, um ihn allein zu lassen.

»Sie ist hier nicht mehr angestellt. Das tut mir leid. Möchten Sie mit dem Kundenbetreuer sprechen?«

»Sie arbeitet nicht mehr für mein Unternehmen oder in der Agentur?«, hakte Denver energisch nach. Simon hielt bei diesem Ausbruch inne und drehte sich um, um ihn anzusehen.

»Es tut mir leid, Mr. Ramsey. Sie ist nicht mehr hier.« Denver hörte ein Rascheln und eine andere Frauenstimme sprach flüsternd zu ihm.

»Mr. Ramsey, hier ist Kayley. Ich bin eine Freundin von Blair. Bitte rufen Sie diese Nummer in fünf Minuten an.« Sie ratterte eine Handynummer herunter, Denver schrieb sie auf und legte dann auf.

»Was zum Teufel sollte das denn?«, fragte Simon.

»Blair ist weg. Sie arbeitet nicht mehr in der Firma

ihres Onkels.« *Ich frage mich, warum ihr Vater mir das nicht gesagt hat.*

Simon und er saßen fünf Minuten lang in gequältem Schweigen, bevor er die Nummer anrief, die Kayley ihm gegeben hatte.

»Hallo«, antwortete sie, diesmal etwas lauter. »Entschuldigen Sie die Heimlichtuerei. Ich war gerade dabei, bei Bay Breeze zu kündigen und hab die Agentur vor einer Minute verlassen. Ich wusste, Sie würden wissen wollen, was mit Blair passiert ist.«

»Was ist passiert?«, fragte Denver, dessen Geduld am Ende war.

»Sie wussten, dass sie befördert werden sollte, wenn sie den Auftrag von Ihnen bekäme, oder?«

»Ja.« Ein bedrohliches Gefühl stieg in seiner Brust auf, das ihm das Schlucken schwer machte.

»Nun ...« Kayleys Stimme war kurz gedämpft. »Am Tag nach ihrer Rückkehr von den Bahamas erfuhr sie, dass ihr Onkel jemand anderen eingestellt hatte. Er sagte, er hätte nie vorgehabt, ihr den Job zu geben. Er hat nicht einmal geglaubt, dass sie es schaffen würde, Sie zur Unterschrift zu bewegen. Er wollte sie nur für ein paar Tage loswerden, damit er die Einstellung des neuen Kundenbetreuers in die Wege leiten konnte. Als sie davon erfuhr, hat sie gekündigt. Sie ist meine Heldin«, schwärmte Kayley. »Jetzt gehe ich auch. Die Hälfte der Belegschaft ebenso. Wir werden alle mit ihr zusammenarbeiten. Schließlich ist sie das wahre Genie hinter der Agentur, und das weiß jeder.«

Sie hatte sich von der Firma ihrer Familie abgewandt. Er wusste, dass ihr das etwas bedeuten musste, und zwar so viel, dass sie den ganzen Weg zu ihm auf die Bahamas gekommen war und sogar den Plan einer vorgetäuschten Verlobung akzeptiert hatte. Verdammt, er war stolz auf sie, dass sie tat, was sie wollte, aber er hasste es, dass ihr Onkel sie in eine solche Lage gebracht hatte. Blair verdiente eine Beförderung und eine Beteiligung an der Firma aufgrund ihrer Arbeit, nicht aufgrund ihrer Fähigkeit, einen Mann zu verführen.

»Ich weiß nicht, ob Sie einen Ausweg aus dem Vertrag finden können, aber Sie sollten nicht mit Randall und dem Idioten arbeiten müssen, den er als Kundenbetreuer eingestellt hat.«

Denver sah finster drein und wollte nach den Vertragspapieren greifen, aber Simon blätterte bereits in den Seiten. Er schnappte sich einen Stift und kreiste etwas ein, bevor er die Papiere zu Denver schob. Als Denver die Klausel las, die Simon eingekreist hatte, grinste er wölfisch.

»Ich glaube, wir kommen da schnell heraus«, sagte Denver zu Kayley.

»Das ist eine Erleichterung. Wenn Sie bei Blair unterschreiben wollen, haben Sie ja ihre Nummer, oder?«

»Ich glaube nicht.«

»Ich schicke Ihnen eine SMS, wie lautet Ihre Handynummer?«, fragte Kayley und Denver gab sie ihr. »Hab Ihnen gerade die Nummer geschickt. In ein paar Wochen werden wir unsere Agentur eingerichtet haben. Wir haben gerade eine Investmentgruppe gewonnen, die sich uns anschließt.«

»Welche Gruppe?«, fragte Denver, aber er ahnte, dass er die Antwort bereits kannte.

»Fawkes«.

Gutes Mädchen, dachte er, mit noch mehr Stolz. Sie hatte Jack und Anne dazu gebracht, sie zu unterstützen, und sie wussten, wie gut sie in ihrem Job war.

»Das werde ich vielleicht tun. Danke für die Information.« Er beendete das Gespräch und warf einen Blick auf Simon. »Du hast diese Klausel hinzugefügt, richtig?« Denver warf noch einmal einen Blick auf die Klausel, die ihm ein Hintertürchen öffnete, falls Bay Breeze Blair Ashworth nicht als alleinige Kundenbetreuerin behalten würde.

»Ich dachte mir, dass ihr Onkel immer noch ein Arschloch ist, und weder du noch Blair haben es verdient, von ihm verarscht zu werden. Der Mann hat offenbar nicht einmal den Zusatz der Klausel bemerkt, als er den Vertrag unterschrieb.«

»Ich glaube, du brauchst eine Gehaltserhöhung, Simon.«

»Dagegen hätte ich nichts einzuwenden.« Simon

gluckste. »Ich gehe jetzt zurück in mein Büro, um deinen Flug nach Chicago zu buchen. Ich schlage vor, du packst eine Tasche und machst dich bereit zur Abreise.«

Denver stand auf und öffnete seine Schreibtischschublade, seine Finger schlossen sich um die kleine Ringschachtel. Es war an der Zeit, seiner Sirene nachzujagen und sie mit ins Paradies zu nehmen.

12

Blair kehrte aus dem Lebensmittelgeschäft in der Nähe ihres Elternhauses zurück und räumte die verderblichen Waren ein. Es war Essenszeit und sie erwartete, dass ihre Mutter da sein würde, um sich auf die Einkäufe zu stürzen und das Abendessen zuzubereiten. Blair war mehrere Stunden weg gewesen, um ein paar Besorgungen für ihre Mutter zu erledigen, und sie hatte sich nicht erkundigt, wann sie kochen wollten.

»Mama? Papa?«, rief sie, als es im Haus still blieb. Sie runzelte leicht die Stirn, als sie in der Garage nachsah. Ihr Auto war weg, was sie mit plötzlicher Panik erfüllte. Sie kramte in ihrer Handtasche nach ihrem Handy und sah, dass ihre Mutter eine SMS geschickt hatte, in der sie sie bat, eine Notiz zu lesen, die sie im

Gästezimmer hinterlassen hatte. Als Blair den Zettel auf dem Gästebett fand, in dem sie die vergangenen Nächte geschlafen hatte, fragte sie sich, was ihre Eltern mit all der Heimlichtuerei bezweckten.

Blair,

dein Vater und ich verbringen die Nacht in der Stadt. Wir werden morgen früh zurück sein. Das hier ist für dich angekommen.

Mama

Neben dem Zettel lag eine kleine blaue Tüte, die mit Seidenpapier gefüllt war. Sie entfernte das Papier und fand eine kleine blaue Schachtel, die sie nur zu gut kannte. Mit zitternden Händen öffnete sie das Kästchen. Eine blau schimmernde Perle lag in einer Ringfassung aus einem Bett aus Diamanten. Der Ring glitzerte im Licht. Denvers Ring.

Ihr Herz schmerzte bei diesem Anblick und bei all den Erinnerungen, die sie daran hatte, als sie ihn ein paar Tage lang getragen hatte.

Ein kleiner Umschlag flatterte auf das Bett, als sie die Tüte beiseite schob, damit sie sich setzen konnte. Sie griff danach und zog eine kleine Karte heraus. Die geprägte Muschel auf dem Papier ließ ihre Brust zusammenziehen. Es war das Briefpapier des Seven Seas.

Blair,

ich habe dir nie gesagt, woher ich den Ring habe. Diese

Perle befand sich in einer Muschel, die an dem Tag angespült wurde, als der Tropensturm kam. Die Perle, genau wie du, stürzte in mein Leben und veränderte mich für immer. Diese Perle gehört zu dir, genau wie ich. Wenn du mich willst, weißt du, wo du mich finden kannst.

Er hatte nicht unterschrieben, aber das war auch nicht nötig. Sie erkannte Denvers Handschrift. Wie ist das hierhergekommen? Hatte er es ihren Eltern geschickt? *Aber wie ...?*

Sie war schon auf den Beinen und steckte sich den Ring an den Finger, bevor sie nachdenken konnte, während sie die Treppe hinunter zur Hintertür des Hauses eilte. Draußen fiel ein feiner Nebel, der das Seeufer einhüllte, aber die hochgewachsene Gestalt, die mit dem Rücken zu ihr am Ufer stand, war nicht zu übersehen.

Sie wollte zu ihm rennen, aber sie blieb ein paar Schritte entfernt stehen und zitterte, als der kalte Nebel ihr Gesicht und ihre Haut überzog. Sie berührte den Ring an ihrem Finger, sie brauchte die Gewissheit, dass er da war wie ein Talisman.

»Du bist gekommen«, sagte sie leise. Als er ihre Stimme hörte, drehte er sich um. Denver sah sogar noch besser aus, als sie ihn in Erinnerung hatte, als sie ihn an jenem Tag am Strand gesehen hatte, als er mit ihr zusammengestoßen war. Er trug einen dieser wunderschönen grauen Maßanzüge, die seine Augen leuchten ließen und seine muskulöse Perfektion zur Geltung brachten.

»Mein Vater pflegte zu sagen, dass man das, was man im Leben am meisten will, anstreben und nie wieder loslassen sollte, wenn man es hat. Ich habe einen Fehler gemacht und meins losgelassen. Ich bin hier, um zu sehen, ob es noch nicht zu spät ist.«

»Oh?« Ihr Tonfall war lässig, obwohl ihr Herz wild gegen die Rippen klopfte.

»Ja.« Er kam auf sie zu, seine haselnussbraunen Augen brannten sich in sie. »Ich könnte keine Minute mehr ohne mein braunäugiges Mädchen leben.«

Ein Erröten ließ ihre Wangen entflammen. Denver griff nach oben und nahm ihr Gesicht in seine Handflächen, deren Wärme das Frösteln auf ihrer Haut vertrieb. Sie schloss die Augen, zu sehr fürchtete sie, dass er verschwinden würde, wenn sie ihn weiter ansah, wie all ihre anderen Träume. Sie wollte für immer so bleiben, mit ihm, der sie hielt, der sie umgab, bis nichts mehr auf der Welt sie berühren konnte.

»Bitte lass mich nicht los«, flüsterte sie gegen seine Lippen, als er seinen Mund in einem gehauchten Kuss über ihren strich.

»Sag, dass du mir gehörst, Liebste, dass du mit mir nach Hause kommst und ich dich nie wieder gehen lassen werde.« Der geflüsterte Befehl ließ sie vor Verlangen und reinster Sehnsucht erschaudern, und sie begann zu zittern.

Das Wort *Liebste*, neben all den anderen wunderbaren Worten, erreichte ihr Herz, drückte es zusammen und löste einen kindlichen Rausch purer Freude aus. »Bin ich deine *Liebste*?« Sie betonte das Wort.

»Ja, meine *liebste* Perle.« Er beugte seinen Kopf nach unten, bis seine Stirn die ihre berührte und ihre Atemzüge sich vermischten.

»Warum hast du deine Meinung geändert? Ich dachte, du wolltest mich nicht?«, wagte sie zu fragen, wohl wissend, dass es dumm war, ihn daran zu erinnern, dass er sie einst nicht genug gewollt hatte, um sie zu bitten, zu bleiben.

»Ich habe dich immer gewollt, Blair. Ich habe nur nicht geglaubt, dass ich meinen Hass überwinden kann, bis dein Vater mich besucht hat.«

»Mein Vater hat dich besucht?«, fragte sie erstaunt, und ihre Augen fixierten seine.

Denvers Blick wurde weicher. »Ja. Und mir wurde klar, dass mein Hass auf ihn nicht so stark war wie meine Liebe zu dir, und ich erkannte, wie dumm es war, dich loszulassen. Ich wusste, dass ich dich mehr als alles andere in meinem Leben wollte. Und so öffnete sich etwas in mir und ließ den schwarzen Knoten des Hasses um mein Herz einfach verschwinden.«

»Mein Vater war wirklich auf den Bahamas, um dich zu sehen?« Sie erinnerte sich daran, dass ihr Vater für einen Tag auf einer Arbeitsreise war, aber so etwas hatte sie sich nie vorgestellt. Er hatte sich mit jemandem getroffen, der ihn wahrscheinlich vom Sicherheitspersonal aus dem Resort hätte eskortieren lassen. Er hatte ein großes Risiko auf sich genommen, um Denver zu besuchen ... für sie.

»Er hat angeboten, aus unserem Leben zu verschwinden, wenn ich mich für unsere Liebe entscheide.«

Blairs Augen weiteten sich. Das hatte Vater für sie getan? Würde Denver sie wirklich von ihrer Familie fernhalten wollen?

Denver ließ seine Hände über ihren Rücken gleiten und zog sie noch näher zu sich heran, um sie mit dieser einfachen Berührung zu trösten.

»Aber ich werde dir deinen Vater nicht wegnehmen, nicht, nachdem ich den Schmerz über den Verlust meines Vaters erfahren habe. Er und ich werden nie beste Freunde sein, aber wir können es schaffen. Du und ich können glücklich sein.« Seine Augen leuchteten und das sanfte Lächeln auf seinen Lippen verblüffte sie einfach. Die harte Kante seines Zorns war verschwunden. Er war nicht weniger intensiv, nicht weniger berauschend, aber er war jetzt voller Freude, und das war noch erregender als seine Wut.

»Gibst du mir also eine Chance, dich zurückzugewinnen, Liebste?« Er strich ihr mit den Daumenkuppen über die Wangen und wischte den Nebelschleier weg, der sich mit den Tränen vermischte, die in ihre Augen traten. Dann hob er ihre Hand, an der der Perlenring steckte. Er strich über die Perle und den Ring an ihrem Finger, betrachtete sie, und dann begegnete er ihrem Blick mit einer heißen Leidenschaft, gemischt mit einer sanften Zuneigung, die jeden Widerstand gebrochen hätte – aber sie hatte keinen.

»Ja.« Sie schlang ihre Arme um seinen Hals, zog sein Gesicht noch ein Stückchen näher an sich heran und küsste ihn.

Dieser Kuss war, wie der erste Kuss, der ultimative aller Küsse. Er war alles auf einmal. Sein Mund war hungrig und doch ehrfürchtig, als er sie anbetete. Sie schmeckten einander und den Nebel, atmeten gemeinsam und fühlten einander mit ihren Körpern und Seelen, wie sie es nie zuvor getan hatten. Es gab nichts mehr zwischen ihnen, was ihre Leidenschaft und Liebe trüben konnte.

Als sich ihre Münder schließlich trennten, nahm sie Denver an die Hand und führte ihn zum Haus. Er folgte ihr die Terrassentreppe hinauf und ins Haus. Ohne Worte verstand er, was sie wollte, was sie *brauchte*. Schon, als sie die Treppe zu ihrem Schlafzimmer hinaufgingen, begannen sie, sich auszuziehen. Als sie ihr Schlafzimmer erreichten, fummelte sie an seiner Hose herum, und er hatte seine Hände um ihren Körper gelegt, um ihren BH zu öffnen. Sie quiekte, als er sie hochhob und auf das Bett fallen ließ. Dann half er ihr, aus ihrem Slip zu schlüpfen, den er spielerisch auf seinem Finger drehte, bevor er ihn quer durch den

Raum schleuderte, und stürzte sich auf sie, was sie nur noch atemloser vor Lachen machte.

Denver packte ihre Schenkel und zog sie ruckartig zu sich heran, bevor er sich zwischen ihre Beine kniete und sich bis zu ihrer Mitte hinunter küsste. Sie warf ihren Kopf mit einem Stöhnen zurück, als er ihren pochenden Kitzler leckte und daran sog, bevor er zu ihren Schamlippen überging.

»Oh mein Gott ...« Sie krümmte sich, als er sie leckte und liebkoste, bis sie verzweifelt war. »Verdammt, Denver, was –« Sie hatte keine Zeit, zu Ende zu kommen, denn er glitt an ihrem Körper hinauf und stieß in sie hinein, wobei er ihr den Atem raubte, weil sie sich plötzlich mit seinem Schaft in ihr voll fühlte.

»Ist es das, was du willst?«, knurrte er, aber die Hitze in seinen Augen war jetzt spielerisch und nicht mehr wütend.

»Ja, ich will das, also gib es mir.« Sie grub ihre Nägel in seine Schultern, als er sich auf sie legte und in sie pumpte, bis sie mit einem Schrei kam. Dann beruhigte er sich, seine Inbesitznahme ihres Körpers wurde süßer, als er sich in langsamen, sanften Stößen bewegte, wobei er sein eigenes Vergnügen immer noch zurückhielt. Er ergriff ihre Hände mit seinen, verschränkte ihre Finger miteinander, während er sich weiter in ihr bewegte, bis er seine Erlösung mit einem leisen Hauchen ihres Namens fand.

Blair war fasziniert davon, wie er sich anfühlte, und

von dem Ausdruck in seinen Augen. Alles, was sie geahnt hatte, was er für sich behielt – jede weiche, süße, mitfühlende Emotion – lag offen vor ihr. Er war ungeschützt, verletzlich, voller Liebe. Das letzte bisschen Gewicht auf ihren Schultern verschwand, und sie fühlte sich frei genug, um ihre Flügel auszubreiten und zu fliegen.

»Ich liebe dich, Blair.« Er streichelte ihre Wange, bevor er ihr einen zärtlichen Kuss gab, der ihr Schicksal für immer besiegelte. Sie war wirklich Denvers braunäugiges Mädchen, jetzt und für immer. Es würde keinen anderen in ihrem Leben geben, nicht so wie diesen.

»Ich liebe dich auch.« Sie fuhr mit ihren Fingern über seinen starken Kiefer. Er drehte seinen Kopf, um diese Fingerspitzen zu küssen.

»Ich dachte an eine Hochzeit am Strand«, begann er mit liebenswerter Unsicherheit. »Aber wenn du etwas Traditionelleres willst ...«

»Eine Hochzeit an den Ufern von Paradise Island klingt wie das *Paradies*.«

»Und ich habe viel über deine neue Agentur nachgedacht.« Er rollte sich von ihr herunter und zog sie in seine Arme.

»Wie hast du herausgefunden, dass ich Bay Breeze verlassen habe?« Blair stützte ihr Kinn auf seine Brust.

»Deine Freundin Kayley. Ich habe versucht, dich dort zu erreichen, und sie hat mir erzählt, was dein Onkel getan hat.«

»Ich war nicht ganz ehrlich zu dir.« Blair biss sich auf die Lippe. »Es war nicht nur die Beförderung, die ich wollte. Er hat mir Anteile an der Firma versprochen. Ich wollte die Firma meines Vaters zurückbekommen. Aber es stellte sich heraus, dass mein Vater das nicht wollte.«

»Ich weiß. Er und ich haben heute Morgen miteinander gesprochen. Ich habe ihn gebeten, das Haus für den Tag zu verlassen, damit wir beide reden können. Ich war mir nicht sicher, ob du mir verzeihen würdest, dass ich dich habe gehen lassen.«

Sie seufzte und legte ihre Wange an seine Brust, erleichtert, dass er sich nicht über das, was sie enthüllt hatte, aufregte.

»Wir kennen uns erst seit ein paar Wochen. Es wäre verrückt gewesen, zu erwarten, dass du mich nach so kurzer Zeit begehrst, geschweige denn liebst, vor allem angesichts unserer Vergangenheit. Aber ich hatte gehofft, du würdest mir nachlaufen.«

»Nach einer Woche kenne ich dich besser als jede andere Frau, mit der ich je ausgegangen bin.« Er strich mit seiner Hand durch ihr Haar und sie vergaß fast, worüber sie sprachen, weil es sich so gut anfühlte, von ihm berührt zu werden.

»Woran hast du gedacht, was meine Agentur angeht?«, fragte sie schließlich.

»Ach ja, du wirst einen Teil des Jahres in Chicago sein müssen. Ich habe mir überlegt, dass wir jeden zweiten Monat in Chicago sein könnten, und die anderen Monate im Resort auf den Bahamas. Ich möchte dich dort haben, und wenn wir auf Bali mit dem Bau beginnen, musst du dich auch mit dem Resort vertraut machen, wenn du beide Kampagnen betreust.«

Der Gedanke, das halbe Jahr außerhalb der Stadt zu verbringen, machte ihr nichts aus. Sie mochte zwar Chicago, aber Erica – Denvers Angestellte – hatte recht. Ihr Herz gehörte jetzt in die Karibik.

»Das könnte funktionieren. Aber was ist mit deinem Vertrag mit Bay Breeze?«

Denver lachte leise und ein tiefes Grollen durchfuhr sie. »Simon hat eine Klausel eingebaut, die besagt, dass wir den Vertrag kündigen können, wenn du uns nicht exklusiv betreust. Er hat sie an einer anderen Stelle des Vertrags eingefügt und dein Onkel hat übereilt unterschrieben, ohne den Vertrag noch einmal zu lesen. Wir haben uns bereits aus dem Vertrag zurückgezogen, und Randall konnte nichts dagegen tun.«

»Ist es komisch, dass es mich anmacht, wenn du meinen Onkel verärgerst?« Sie lachte.

»Tut es das?« Denver rollte sie unter sich. Sie bedeckte sein Gesicht mit Küssen, während er sie kitzelte, bis sie beide zu atemlos und hungrig nach mehr waren. Dann gab er ihr *noch mehr*, bis der Tag der Dämmerung wich und der Mond klar über dem See aufging, während das Rauschen der Wellen sie beide in den Schlaf wiegte. Sie träumten von ihrer Zukunft, einer Zukunft, die heller war als die Sonne, die sich auf dem Wasser von Paradise Island spiegelte. Es waren Träume von einem gemeinsamen Leben, einem Leben voller Liebe und Hoffnung. Träume, die bereits zu einer wunderschönen, kristallklaren Realität wurden.

EPILOG

F *ünf Jahre später*

Denver sah hilflos zu, wie sich eine Welle aufbaute und auf die beiden größten Lieben seines Lebens zusteuerte. Blair lachte und hob ihre dreijährige Tochter Savannah in die Luft und ließ die Zehen des Kleinkindes über die Oberfläche der kleinen Welle hüpfen, als sie gegen Blairs Knie prallte.

»Sie ist okay, Schatz!«, rief Blair lachend zurück und warf ihm ein wissendes Lächeln zu. Savannah quietschte vor Freude.

Denver ging auf sie zu, doch dann hörte er, wie

jemand seinen Namen rief. Er wandte sich vom Wasser ab und sah Paul und Melanie Ashworth auf sie zukommen.

»Savannah, Opa und Oma sind da!«, rief er und schlenderte auf seine Schwiegereltern zu.

»Ihr seid früh dran.« Er umarmte Melanie und schüttelte Pauls Hand mit einem warmen Lächeln. Es war erstaunlich, wie sehr der Schmerz der Vergangenheit in fünf Jahren verblasst war.

Sie hatten geheiratet und die Hudsons zu der Zeremonie eingeladen. Blair konnte ihre Freundin Anne nicht anlügen, und als sie ihre und Denvers Täuschung gestanden hatte, hatte Anne gelacht und gesagt, sie habe es vom ersten Tag an gewusst, aber sie habe Jack gesagt, sie sei überzeugt, dass es nur eine Frage der Zeit sei, bis es zu einer echten Verlobung komme. Jack und sie waren ein Risiko eingegangen und hatten dennoch in das neue Bali-Resort Atlantis Rising investiert, das auf Jahre hinaus als das beeindruckendste neue Unterwasserhotel der Welt ausgebucht war.

Das Leben war noch besser geworden, als Blair eines Morgens über ihr Bett gekrochen war und ihm einen positiven Schwangerschaftstest gezeigt hatte. Die Geburt ihrer Tochter hatte Denver näher zu Paul und Melanie Ashworth gebracht, als er je erwartet hatte.

»Wir wollten doch keinen Moment von Savannahs drittem Geburtstag verpassen.« Melanie errötete. »Ich habe vielleicht zu viele Geschenke mitgebracht.«

Paul lachte leise und rollte mit den Augen. »Ich denke, das ist unsere Aufgabe als Großeltern.«

Blair kam zu ihnen und drückte Savannah direkt in Pauls Arme. Der ältere Mann trug seine Enkelin über den Strand, tanzte mit ihr und lachte.

»Ich bin so froh, dass du hier bist, Mom.« Blair legte ihre Hand in die von Denver und grinste. »Schatz, du sagst es ihr dieses Mal.«

»Mir was sagen?«, fragte Melanie und ihre Augen leuchteten.

»Wir ...« Denver räusperte sich. Die Gefühle, die seine Brust mit watteartiger Wärme erfüllten, waren fast zu stark, als dass er sprechen konnte. »Wir erwarten noch einmal ein Kind. Es ist ein Junge. Wir haben damit gewartet, es jemandem zu sagen, bis Blair in der achtzehnten Woche ist.«

»Oh!« Melanie begann zu weinen und umarmte ihre Tochter und Denver. Dann drehte sie sich um und rief ihrem Mann zu: »Schatz! Blair ist schwanger. Es ist ein Junge!«

Denver spürte, dass das Lächeln auf seinem Gesicht so breit war, dass sein Kiefer noch stundenlang danach schmerzen würde, aber das war ihm egal. Lange nach dem Mittagessen und den feierlichen Trinksprüchen brachten die Großeltern Savannah pflichtbewusst in ihren Bungalow, um ihr eine Geschichte zu erzählen, sie zu baden und ein Nickerchen zu machen. Blair reichte Denver die Hand, und er folgte ihr zum Wasser.

Sie zog ihre Schuhe aus, und er schlüpfte aus seinen und ließ sie am Strand zurück. In wenigen Augenblicken hatten sie sich bis auf die Badesachen ausgezogen.

Blair führte ihn ins Wasser, ihre Finger verschränkten sich, als die Wellen sie umarmten. Das Sonnenlicht fing ihr Haar ein und beleuchtete ihr Gesicht, und Denver konnte nicht mehr atmen. Was auch immer an Schmerz und Hass einst in ihm gefangen gewesen war, wurde in diesem Moment für immer ausgelöscht.

Er war wirklich, unendlich, *wahnsinnig* glücklich. Nach so viel Dunkelheit, so früh in seinem Leben, hatte er das Gefühl, aus den Tiefen des Meeres aufzusteigen und immer schneller auf den glitzernden Ring aus endlosem Licht an der Oberfläche zuzuschwimmen.

DANKE, DASS SIE BLAIRS UND DENVERS GESCHICHTE gelesen haben! Weitere *Hitzewellen*-Geschichten werden bald folgen. Um mehr Bücher von mir auf Deutsch zu finden, besuchen Sie diesen Link: https://laurensmithbooks.com/genre/german/